De petits incendies

David Means

DE PETITS INCENDIES

NOUVELLES

Traduit de l'américain
par Michel Lederer

Ouvrage traduit avec le concours
du Centre National du Livre

TERRES D'AMERIQUE

Albin Michel

« Terres d'Amérique »

Collection dirigée par Francis Geffard

Titre original :
ASSORTED FIRE EVENTS

Publié par Context Books
Traduction française :

22, rue Huyghens, 75014 Paris
www.albin-michel.fr
ISBN 2-226-15067-6
ISSN 1272-1085

À Genève

Incident de chemin de fer, août 1995

Il était assis sur un talus au-dessus de la voie de chemin de fer creusée à coups d'explosifs dans les couches d'argile et de chaux déposées par l'Hudson qui coulait au pied de la colline, hors de vue, dissimulé par la forêt, les jardins, les maisons. Le vent soufflait dans les hautes herbes, s'engouffrait entre les berges du talus, mourait, puis agitait de nouveau les herbes comme des algues – la mer qui à des kilomètres de là baignait le port de New York, la mer qui sous l'effet de l'attraction de la lune remontait l'Hudson, profond estuaire changeant, et apportait des effluves salins dans l'air, sur son visage logé entre ses genoux ; il goûtait son propre sel sur ses lèvres, car il avait longtemps marché dans la chaleur du soir. C'était un homme élégant, en chemise blanche rentrée dans un jean repassé ; c'était le genre d'homme à donner ses jeans à nettoyer ; il était habitué à extraire de longs sacs scintillants ses vêtements pliés, chimiquement traités, étiquetés et désinfectés. Sur la route à huit kilomètres de là, moteur tournant au ralenti – il y avait assez d'essence pour qu'elle continue à cracher sa fumée –, sa BMW bleu foncé était garée sur le bas-côté pour avoir l'apparence de l'une de ces nombreuses voitures conduites par un citadin venu profiter de la soirée estivale et retrouver quelque souvenir perdu ou respirer une dernière fois l'odeur de la forêt avant de regagner le béton étouffant. C'était le genre d'homme à laisser tourner le moteur de sa voiture par souci des apparences, afin de donner à une inconnue imaginaire une illusion de stabilité : tout allait bien, songerait-elle, cependant qu'elle passerait devant, vaquant à ses occupations ; quand il était descendu de voiture en trébuchant, c'est en pensant à elle – une inconnue qui passait, sur le chemin de sa maison – qu'il avait laissé le moteur tourner.

Malgré ses pieds douloureux d'avoir parcouru péniblement près de cinq kilomètres sur la voie, il ne put s'empêcher de noter, bien que penché en avant, la beauté de cet endroit de la terre sous un vaste ciel, dans l'obscurité que venait seule déranger une voiture circulant sur la route au-dessus de lui ; au cours de sa longue marche, la nuit était tombée petit à petit, de plus en plus profonde au fil des heures ; ses yeux s'étaient accoutumés à l'obscurité et l'avaient conduit sans encombre jusqu'ici. Il étendit les jambes et entreprit de se déchausser en dégageant le talon de la pointe du pied. (C'était le genre d'homme qui commençait par délacer ses chaussures, à en ôter d'abord une, puis l'autre, assis sur son petit tabouret ou au bord de son lit ; et c'était aussi le genre d'homme qui utilisait une corne pour les enfiler le matin, tout au plaisir de sentir sa chaussette glisser fermement contre l'ivoire frais de cet objet conçu pour cette simple tâche.) Toutefois, ce n'était ni le lieu, ni l'heure des rituels. Il était venu se corriger, se débarrasser de ces choses-là. Il les abandonna dans les broussailles, ses belles chaussures italiennes cousues main, l'une amoureusement nichée contre l'autre. Il repartit à pas lents.

Dans la courbe, le peu de lumière – dispensée par le ciel brumeux – permettait de distinguer les tessons de bouteilles (à condition qu'il eût baissé les yeux au lieu de regarder devant lui). Celui sur lequel il marcha, provenant d'une bouteille de vieux malt, était aussi déchiqueté que les Alpes françaises. Le cul de la bouteille faisait une base parfaite pour les dentelures, seul morceau de verre sur plusieurs mètres, coincé contre le rail ; il coupa la peau cornée et se planta dans le talon pour lui infliger une plaie si profonde qu'il tomba sur le flanc ; c'était le genre de blessure qui s'ouvre petit à petit sur la douleur qu'elle provoque et qui, d'un petit point, s'élargit en forme de cône, le genre de blessure qui donne le sentiment effrayant d'être en mesure de causer une douleur illimitée ; il resta assis à réfléchir, sans chercher à élaborer de stratégie, mais en essayant de se remémorer des images tirées d'un manuel de la Croix-Rouge qu'il avait autrefois étudié. (Une lecture obligatoire pour ses leçons de voile.) Il avait appris à fabriquer une espèce de bouée avec une paire de jeans mouillés ; il avait appris à arrêter le flot de sang jaillissant d'un membre amputé à l'aide d'un garrot de fortune constitué d'une ceinture en cuir ; il savait dégager la langue et désobstruer la gorge avant de pratiquer le bouche-à-bouche ; mais là, dans la solitude absolue de sa souffrance, il ne savait que faire sinon tâcher de se rappeler un dessin, l'un de ces schémas sommaires mais utiles figurant quelque terrible infortune humaine comme une fracture multiple où l'os est représenté par des traits qui partent d'une cuisse imaginaire, deux arrondis improbables pareils à un dessin de Picasso ; assis là, il laissa la plaie saigner un moment dans l'espoir d'éliminer le bacille tétanique. Il avait l'impression que sa vie était devenue une succession d'épisodes semblables, longs silences pensifs cependant qu'il s'efforçait de retrouver une image perdue, une esquisse, un détail ainsi que la manière de traiter, panser, bander les blessures dans l'attente de recevoir du secours.

Au milieu des mauvaises herbes de ce paysage de banlieue, penché au-dessus du rail d'acier qui s'étendait à l'infini (forgé à Bethlehem, Pennsylvanie, posé à la fin du XIXe siècle et utilisé pour le transport de la pierre calcaire depuis les carrières au bord de l'Hudson, destinée à la construction des grandes fondations des grands gratte-ciel), il ôta sa chemise et tâtonna à la recherche de l'endroit un peu moins solide le long de la couture qui céderait peut-être plus facilement. Pour la déchirer, il dut se servir de ses dents.

Il aurait aimé avoir une bonne raison pour se balader ainsi à moitié nu, tandis que la douleur de son talon droit irradiait dans sa jambe et que le bandage de fortune lui battait la cheville. Une explication : peut-être la mort récente de sa femme Margaret, sa voiture sur le toit d'où s'élevait un nuage de vapeur et de fumée sur la voie inverse du

Saw Mill River Parkway, amas tordu de tôles trahi par la glissière de sécurité en mauvais état, la route pavée d'un autre temps construite le long d'une piste tracée à l'origine par les Indiens, le goût de ses cheveux roux dans sa bouche lors de leur dernière étreinte. Une mauvaise opération de stock-options – de sa faute. La responsabilité mise sur le compte d'un dysfonctionnement informatique. Le visage sévère de McKinnen derrière ses lunettes à montures d'acier, les doigts pianotant sur le dessus en verre de son bureau, qui lui offrait une grosse indemnité. Le départ de sa femme un matin ; son mot d'explication d'une écriture tremblée au stylo-bille noir ; le nom du Judas, Samson, un vieil ami dont son gant de golf, là-haut, portait encore l'empreinte de la poignée de main. Il y aurait eu de plus belles histoires à raconter si Margaret était morte lentement, un long déclin cependant que ses globules blancs capitulaient et que ses lèvres frémissantes prononçaient ses dernières paroles. Rien de cela ne suffisait à justifier ses actes. Il en était certain. Leur vaste maison se trouvait au bord du fleuve, formidablement vaste lorsqu'ils avaient emménagé, devenue bientôt une simple maison ; tout le début de l'après-midi peut-être, il avait arpenté la véranda et contemplé l'eau calme jusqu'à ce que, vers trois heures, une équipe de jardiniers arrive, qui avait ébranlé le silence poétique avec leurs camions-broyeurs et leurs débroussailleuses stridentes, le poussant à se réfugier dans son bureau du deuxième étage où, le visage enfoui dans ses mains, il avait prié pour son salut – non pas pour être sauvé du chagrin, mais de quelque chose qu'il ne parvenait pas à définir, peut-être juste tout ce qu'il n'avait pas fait. Des pas qu'il n'avait pas franchis. Qui sait s'il n'acceptait pas qu'elle ne fût plus désormais qu'un vide ; des robes accrochées dans la penderie, l'odeur de son parfum sur la pile de linge sale dans la buanderie, des recettes déchirées dans des magazines qui s'entassaient sur son bureau dans la petite pièce.

Une légère brise se leva de nouveau. Il repartit le long de la voie, laissant une empreinte sanglante sur chaque traverse. Devant lui, les rails en courbe s'enfonçaient dans les ténèbres ; sur sa gauche et au-dessus de lui, les poutrelles d'acier et la paroi inclinée de la maçonnerie.

Pour ceux qui le repérèrent quelque quatre cents mètres plus tard, il émergea de l'air vaporeux comme un animal blessé, une ombre qui s'avance sur la voie en clopinant, sans rien d'humain. Ils étaient quatre, torse nu eux aussi, autour d'un petit feu de brindilles qui ne produisait pratiquement pas de flammes mais beaucoup de fumée blanchâtre qui demeurait suspendue dans l'atmosphère lourde. A la lueur du feu, on voyait que tous quatre étaient de la maigreur des pauvres, les muscles noueux, la peau couverte de tatouages gris-bleu. Celui qui le vit en premier reprenait sa respiration après avoir bu une longue rasade au goulot d'une canette de bière.

Putain de merde, jura-t-il doucement en repoussant une longue mèche de cheveux noirs qui lui barrait le visage.

C'est quoi, ce truc ? demanda un autre, écartant un peu les jambes comme pour se préparer à l'affrontement. Ses bottes crissèrent sur le ballast. Il plaqua les mains sur ses hanches. Un troisième se plaça sur le côté et caressa son crâne rasé, moitié tic, moitié geste de nervosité ; tous quatre étaient sur le qui-vive. Ils constatèrent aussitôt que celui qui arrivait, enveloppé de ténèbres, était en position de faiblesse et avait des ennuis, car il était sans chemise et semblait tituber, peut-être soûl ou épuisé, ou peut-être les deux, et prêt à être cueilli, attiré dans leurs filets ; il représentait tout ce que la nuit pouvait leur offrir, comme la réponse à une prière, une chose destinée à dissiper l'ennui de la fumette, des bavardages creux, de la litanie des imprécations et de tout le reste. A le voir, ils le savaient. Ils l'attendaient.

L'endroit qu'ils occupaient, juste avant que la voie ferrée ne fore un trou noir dans le flanc de la falaise omniprésente, était jonché de débris, rails, plaques métalliques de traverses, galettes de goudron et bouteilles cassées ; c'était une cabane isolée à l'abri de tout, aussi délabrée et inutile qu'ils estimaient l'être et que, de fait, ils étaient ; un conglomérat d'ordures et de chairs déchiquetées par les tatouages grossiers qui s'affichaient sur leur peau juvénile. Ils étaient jeunes, tendus et avides. Ce qu'ils virent ainsi émerger, c'était un homme amolli par la cinquantaine. Sa boiterie était un restant de dignité et de formalisme, dans la manière dont il levait les pieds comme s'ils étaient encore chaussés et alourdis par les chaussures de luxe ; à moins, peut-être, qu'ils n'aient rien remarqué de tout cela avant que, arrivé devant eux, il n'ouvre la bouche pour parler, dire doucement bonsoir, tandis que les voyelles s'épanouissaient et que la coupe formée par ses lèvres se refermait sur elles comme un coquillage de prix... ou à moins, peut-être, qu'ils n'aient rien remarqué alors qu'ils se positionnaient autour de lui en silence, sans un mot, l'homme au crâne lisse derrière lui, l'homme aux bottes devant lui, les deux autres venant, d'un même mouvement, l'encadrer, comme s'il risquait de prendre la fuite. (C'était l'illusion de tension que leur attitude produisait, voulait et désirait produire.)

Plus tard, en se repassant ces instants comme dans un rêve, il comprit que le silence dans lequel ils agissaient disait tout sur leurs jeunes corps : muscles assouplis par les exercices dangereux, chairs abîmées, contusionnées et criblées de brûlures occasionnées par les cigarettes tenues par leurs pères ; les claques, corps tordus par les prises et les clefs au cou, les genoux enfoncés dans le dos et dans le sternum ; tendons déchirés et fractures multiples qui arrachent des cris étouffés à leurs bouches d'enfants de quatorze ans dans les camps de mobile homes perdus au milieu des terrains vagues de merde près des décharges de produits toxiques. C'étaient les jeunes types, chansons et moqueries aux lèvres, qu'il craignait avant, quand il se promenait en ville. Et maintenant, il se réjouissait de tomber sur eux dont les silhouettes se détachaient dans l'obscurité à côté de leur pathétique petit feu. Tandis qu'ils l'entouraient dans un silence qui annonçait le premier coup de pied à venir, décoché par l'homme devant lui, on n'entendait que le bruit sourd des insectes, un bruit si constant qu'il s'effaçait de son esprit, remplacé par un nouveau silence, plus profond encore. Le coup l'atteignit à l'estomac. Il tomba. Avec douceur, avec grâce, avec gentillesse, les deux jeunes de part et d'autre de lui l'aidèrent à se relever et sentirent aussitôt son absence de résistance qu'ils mirent à l'épreuve en lui remontant les bras dans le dos jusqu'à déclencher dans ses clavicules un arc-en-ciel de douleur. Leur rôle consistait à donner au passage à tabac autant de dignité que possible, à assurer la chorégraphie de la scène – afin de produire une pause durant laquelle leur copain, celui dont les longues mèches de cheveux noirs coagulés se balançaient devant son visage incliné, pourrait agir ; il se pencha légèrement, juste devant cet homme torse nu, laissant se prolonger entre eux cet instant de répit, puis il se pencha davantage, petit à petit, jusqu'à ce que son front vienne toucher celui de l'inconnu, mouillé de transpiration, cependant qu'il lui murmurait sur le ton du confesseur, sur le ton du prêtre donnant une pénitence : On va te casser la gueule, tu sais, alors autant que tu te fasses à l'idée... sans achever sa phrase et lui expédiant un coup dans le bas-ventre assez fort pour qu'il se plie en deux et, sur un signal, les autres le lâchèrent, si bien qu'il tomba et que ses pieds en sang heurtèrent le rail ; le jeune au crâne rasé lui prit son portefeuille dans la poche de derrière, l'ouvrit et, accroupi au-dessus du feu, tira la liasse de billets avant de jeter le portefeuille de cuir noir dans les mauvaises herbes où il atterrit à plat, tandis que son contenu s'éparpillait dans les ténèbres, papiers d'identité, photos, cartes de crédit et cartes bancaires qu'on glissait dans les distributeurs automatiques pour que, une fois tapé H H M H – ses initiales et celles de sa femme –, ceux-ci éjectent, bien rangés, autant de billets qu'on voulait ou dont on avait besoin.

Creusé à flanc de colline des années auparavant (au cours des heures de gloire de la construction du chemin de fer déjà mentionnées) grâce à des séries d'explosions qui avaient suffisamment ébranlé la roche pour permettre aux hommes équipés de pics et de pelles de travailler, le tunnel était une construction déchiquetée, une ouverture béante d'où suintait l'eau d'une source et d'où s'échappait une odeur humide de soufre ; c'était une plaie dans la terre, le genre d'endroit où les types aimaient venir fumer de la dope et même dormir les nuits d'été, serrés les uns contre les autres près de la paroi humide au cas où un train de marchandises passerait en bringuebalant. C'étaient des trains horribles, abominables, des diesels qui vomissaient des nuages de fumée, qui roulaient furtivement, comme s'ils avaient honte de l'état de décrépitude de la voie, et qui peinaient à monter la pente douce le long de l'Hudson, wagons sales et cabossés, le nom et le logo de leurs propriétaires à demi effacés par les intempéries, grattés, tagués, mastodonte délabré qui s'y engouffrait plusieurs fois par jour, et même lorsque ces jeunes se trouvaient en ville, à picoler ou à glander à la pizzeria, ils entendaient son hurlement dans la courbe avant l'aiguillage.

C'est vers ce tunnel qu'ils le traînèrent, les talons rebondissant sur les traverses, bâillonné à l'aide de son bandage ensanglanté. On aurait pu souhaiter qu'il en fût autrement, que tout à leur joie, ils décident de le livrer aux éléments, de le balancer dans l'ambroisie, au milieu des tiges penchées des bambous sauvages, pour qu'il y pourrisse ou regagne en rampant la sécurité. Mais non. En vérité, ils savaient aussi bien que quiconque ce qu'ils faisaient ; il existait un schéma global ; les planètes étaient alignées d'une certaine manière et tout se déroulait comme il était écrit ; s'il y a un Dieu et si, plus tard, l'homme était sauvé et qu'il s'attaque à la grave question de son expérience, il pourrait la mettre sur le compte (avec les conseils du révérend Simpson) d'un cas personnel de *deus absconditus*, abandonné dans le même sens que le Christ sur la croix ; et s'il n'y a pas de Dieu, c'est que cet épisode de pure malchance a commencé quand il a laissé sa BMW pour entamer sa marche, avec un objectif, puis sans plus d'objectif, en contrebas de la route, la route 9W, la route qui d'habitude l'amenait le vendredi soir en ville après avoir franchi le pont, pris le West Side Highway et tourné dans la 72e Rue pour se garer dans un parking de béton où il faisait frais, où le bruit assourdi de la portière qui se referme, caoutchouc contre caoutchouc, résonnait agréablement entre les parois. Au Lincoln Center, il pouvait se garer sous terre et s'élever vers les salles de concert en surface sans respirer la moindre bouffée d'air frais : ce soir, on donnait la *Troisième Symphonie* de Brahms avec son mystérieux deuxième motif, celui de l'andante qui n'était pas repris où on l'attendait, dans la coda, et son troisième mouvement qu'il aimait tout particulièrement, *poco alle-*

gretto, au début si rond et si doux que, s'il y était allé, il lui aurait rappelé les épaules de sa femme, le moment où vingt ans auparavant ils avaient fait l'amour dans une petite chambre sur l'île de Nantucket, une nuit d'automne, tandis que soufflait le nordet glacial avec une persistance qui semblait effacer le monde extérieur en sorte qu'il n'existait plus que la douceur humide en dessous de lui ainsi que les épaules de sa femme. Bien sûr, assis dans son fauteuil du troisième balcon sur la droite, s'il avait assisté au concert, les yeux fermés, devenu sentimental, il aurait idéalisé cette première nuit d'amour avec la femme qui devait devenir deux ans plus tard son épouse chérie. La vérité au sujet de cette nuit-là était différente, naturellement : baisers maladroits, les dents qui s'entrechoquent ; la honte de certaines difformités. Il n'écouta pas la symphonie de Brahms et ne se remémora donc pas ces instants. (Peut-être qu'en descendant de voiture, en fermant la portière à clé et en entendant crisser ses semelles de cuir sur la bande d'arrêt d'urgence, il savait qu'il échapperait à ce souvenir. Ou peut-être pas.) Quel que soit le choix effectué, Dieu ou pas Dieu, les jeunes types sentirent que la dynamique du hasard jouait en leur faveur ; ils avaient un devoir à accomplir, eux qui savaient que l'homme qu'ils traînaient ainsi conservait une trace de dignité enfouie sous ses cris étouffés. Dans les films, dans une situation similaire, les yeux s'affolent, apeurés, fouillent le ciel à la recherche d'un point sur quoi se fixer, mais ses yeux à lui parcourent lentement les ténèbres, sans but, comme détachés de son corps. A l'entrée du tunnel, au contact de l'air frais pareil à celui d'une grotte, il cessa tout mouvement.

Il allait pénétrer de nouveau dans le prétendu monde ainsi recroquevillé, les genoux en sang, alors que les premières lueurs de l'aube blanchissaient le ciel au-dessus de lui ; les insectes dans les herbes sèches s'étaient tus, et le seul bruit qu'il aurait pu entendre était le grincement, derrière lui, vers la colline, des convoyeurs de pierres alimentés par l'équipe de nuit sur le point d'être relayée. Sous le coup de la souffrance, certains composés opiacés naturels étaient sans doute entrés en action, des agents chimiques qui soutenaient les corps pendant les grandes épreuves, capables alors de marches forcées improbables – immenses rassemblements de déracinés qui soulevaient des nuages de poussière qu'on pouvait apercevoir d'un jet survolant les régions les plus pauvres du Rwanda ou d'ailleurs –, ces actes d'une nature si extrême que nous les tenons pour des preuves de l'aptitude à survivre physiquement contre toute probabilité : tenant à peine debout, pouvant à peine ramper, il se dirigea tant bien que mal, sans réfléchir, vers un croisement où, finalement, par chance, arrivant au bon moment, un gentil vieux monsieur dans une Oldsmobile Cutlass allait s'arrêter qui, remontant son pantalon beige avachi et rentrant dedans le pan de sa chemise de soirée blanche (c'est le révérend Simpson de l'Eglise du Salut d'Albâtre de Haverstraw qui part pour le service du matin), accueillerait le vagabond titubant. Peut-être à cause de quelque chose dans la démarche de l'homme, il manifeste de nouveau le signe d'un certain contrôle, même dans cet état de délabrement, peut-être à cause du pli de son jean ou simplement parce que ses cheveux, bien qu'emmêlés, pleins de boue et de terre en provenance du tunnel, portent la marque des ciseaux d'un coiffeur de luxe, un vernis qu'il faut du temps pour acquérir ; en tout cas – peut-être à cause d'un sens du devoir quelconque, ou d'une obligation morale ancrée dans ses croyances religieuses qui contraignait Simpson à s'occuper de n'importe quel être humain en haillons, décrépit, cependant que le soleil se levait sur le fleuve, éclairant les épaules de l'homme, les rails luisants de rosée et la route qui disparaissait dans un vallon de brume – il s'arrêta, dit doucement, poliment, excusez-moi, à l'homme qui, en l'entendant, puis en le voyant parut accablé de chagrin, tomba à genoux, les paumes sales offertes, en pleurs, passant de son état de souffrance physique à un état terriblement émotionnel. Simpson se sentait qualifié pour affronter une situation de ce genre, prendre cet agneau égaré par son épaule nue, l'aider à se remettre debout et à remonter seul vers la vieille Oldsmobile au moteur mal réglé qui vibrait de partout. Dans cette formidable antiquité, comme ils roulaient à faible allure le long du fleuve, on aurait pu espérer une conversation, des histoires racontées avec hésitation par des lèvres gourdes – pas tant de la part du bon révérend qui avait peu de choses à dire et n'avait besoin que de hocher la tête gentiment, de poser sa large paume grasse sur la cuisse de l'homme qui frissonnait et dont les genoux disparaissaient sous une couverture écossaise en polyester que le bon révérend utilisait d'ordinaire pour les pique-niques au bord de la route en compagnie de son épouse (car le bon révérend était l'un des derniers croyants en la gloire des pique-niques au bord de la route, lui qui était assez âgé pour se rappeler l'époque des premières automobiles, quand le moyen de locomotion rapide que représentait la Model A se confondait encore avec la longue aventure du cheval et du boghei) – mues par le soulagement, l'exultation et la délivrance après les épreuves qu'il venait de traverser : la mort, les ennuis financiers et tout ce qui pouvait expliquer son acte, la raison pour laquelle il marchait seul le long de la voie ferrée.

Les dernières pensées ne viennent pas facilement, les dernières pensées qui se forment au-delà du choc, de la souffrance, du rugissement du sang contre les tympans, des taches de couleur derrière les paupières, du petit bruit de l'eau qui goutte de la paroi du tunnel, des pas traînants des jeunes qui s'en vont, qui le laissent étendu contre la paroi. Le plus grand marche devant, à plusieurs mètres des autres. Avant de partir, il s'est baissé, les lèvres presque collées à la bouche du vieux con, et il n'a pas senti le moindre souffle, mais pour plus de sûreté, il a shooté avec ses Doc Martens – bouts renforcés, semelles dans une espèce de caoutchouc résistant aux HUILES GRAISSES ACIDES ESSENCES ALCALIS, aux frottements et conditions de travail les plus dures, fabriquées en Angleterre, berceau de la Révolution industrielle. Le coup résonna comme des castagnettes entre les doigts d'une danseuse de flamenco tandis que les os du menton de l'homme – un menton pointu fort digne, à dire vrai – se brisaient comme un bréchet. Il marchait devant la bande, à quelques pas des autres, parce qu'il avait achevé le vieux con et qu'il avait le droit d'occuper son espace. Partout en amont du fleuve, la brume s'élevait des eaux salées apportées par la marée, et lui, il rentrait dans le monde, frissonnant et serrant son sweat-shirt contre lui avant d'allumer une cigarette dans l'attente que les autres le rejoignent. Ils débouchèrent du tunnel, la lumière tombant sur leurs pieds, se bousculèrent et échangèrent des claques dans le dos. En guise de touche finale, ils avaient allongé le corps en travers des rails – une idée subite, une coda, une fin grandiose qui demeurerait un de leurs plus beaux exploits jusqu'à ce jour, parce qu'il passerait sûrement ce formidable train bringuebalant qui dévorait toujours les derniers restes de silence que la nuit avait à offrir, qui réveillait les oiseaux tout au long de la voie, lesquels se mettaient à piailler et à pépier stupidement sous l'effet de la faim intense qui les saisissait soudain ; ce train, une vieille locomotive de New York Central repeinte aux couleurs de la Conrail qui tirait un convoi d'une cinquantaine de wagons près de rendre les armes ; eux, ils seraient dans le petit restau de merde à manger des œufs arrosés d'un mauvais café quand le train aborderait la courbe en bordure du fleuve ; ils auraient les coudes plantés sur la table en formica, et le crâne rasé dirait, Super, c'est un trip super, mec. Et quand je dis super, c'est super, t'entends ce que j'entends, mec ? tandis que les autres hocheraient la tête et s'autoriseraient quelques instants de silence – sans même un Putain nerveusement murmuré –, des instants de profonde méditation spirituelle, lourds de sens ou dénués de sens moral, Dieu ou pas Dieu, cependant que leurs planètes s'alignaient ou ne s'alignaient pas, c'est selon. A moins d'un kilomètre de là, le mécanicien apercevait le corps dans le rond de son phare et entamait aussitôt la procédure d'urgence destinée à stopper mille tonnes de marchandises à l'aide des freins à air comprimé et à sabots, détournant le visage pour ne pas voir l'impact – de fait, il n'aurait pas pu le voir à cause de l'avant de sa locomotive, mais détournant malgré tout le visage par respect pour celui qui allait mourir. Le corps se logea sous l'attelage, ou du moins une partie : coupées nettes, les jambes restèrent dans le tunnel.

Lorsque le train arriva, il était parti, soit le crâne vidé de toute activité chimique et électrique, aussi simple que cela, soit l'âme envolée au travers de la craie et du schiste dans le ciel de l'aube : il était mort. Quand il mourut, peu après le dernier coup de pied, entrant dans cet état de choc qui précède l'arrêt des fonctions vitales, le train se trouvait encore dans le New Jersey, s'essoufflant derrière l'aéroport de Newark, assez près des pistes pour que le mécanicien voie passer dans un grondement un vol TWA pour Los Angeles, échange morose dans le ciel nocturne de feux de signalisation qui vont d'une aile à l'autre, marquant ainsi l'envergure de l'appareil. Le sentiment de parenté qu'il éprouvait envers toutes les machines se réveilla en lui, tandis que, penché à l'étroite fenêtre de la locomotive, il tendait le cou pour ne rien perdre du spectacle. Une traînée d'étoiles en fusion s'échappait des réacteurs, qui s'incurvait dans la lumière violette des raffineries et des banlieues, alors que le train s'engageait dans une courbe avant de franchir les marécages ; c'est plus tard, peut-être au souvenir de cette nuit-là, le corps, un autre abruti d'ivrogne achevé par sa machine – c'était son troisième incident de ce genre en deux ans –, plus tard donc qu'il se souviendrait aussi d'avoir vu cet avion décoller ; non pas qu'il établît un lien entre les deux événements, mais il avait l'impression qu'il en existait un entre l'avion et l'homme dont le cadavre se logea sous ce qui était autrefois un chasse-bestiaux et n'était plus aujourd'hui qu'une plaque métallique destinée à amortir l'impact en cas de rencontre avec un objet quelconque. En vérité, ce mécanicien était un brave homme qui entretenait encore un amour romantique pour les trains et ce qu'ils représentaient jadis – le chemin de fer qui traversait un continent entier –, doté en outre du sens profond des exigences de son travail. Il avait la faculté de transformer le nombre croissant de corps couchés sur la voie en précepte philosophique : le monde courait à sa ruine, s'enfonçait dans le mal, loin de tout ce qui était autrefois ferme, solide et, bien entendu, maintenu par l'acier, le bois et les pierres concassées – priorités claires, horaires presque toujours respectés. Tout le poids, le fardeau de la mort pesait sur les épaules du mécanicien, car il ne savait pas que l'homme était déjà mort depuis vingt-cinq bonnes minutes quand sa machine l'avait coupé en deux ; naturellement, il avait entrepris de stopper le train, d'actionner les freins, de communiquer l'information par radio et d'alerter la police d'Haverstraw à l'aide du téléphone cellulaire installé depuis peu, et ainsi de suite, mais rien de tout cela ne soulageait le *poids de la mort* qui pesa sur lui durant plusieurs semaines, non pas un chagrin qui le rongeait, ni un sentiment de culpabilité, mais juste une impression de malaise, l'idée dérangeante que sous l'effet d'un miracle ou d'une inspiration, il aurait pu deviner la présence du corps dans le tunnel, savoir grâce à quelque signe – peut-être l'avion qui décollait – qu'un homme se trouverait là, et sauver ainsi une vie. Dans la lumière de fin d'après-midi, pendant qu'il buvait son café attablé dans sa cuisine et se préparait à prendre son prochain service, il pensait à l'homme dont de jeunes policiers avaient dégagé le cadavre de sous la cabine, des policiers dont les yeux – vitreux et écarquillés – trahissaient le choc à la vue du torse qui n'avait pratiquement plus rien d'humain ; en se livrant à une triangulation spirituelle à partir de ces visages, éclairés par les lampes à arc et le faisceau des torches électriques, depuis le siège Naugahyde défoncé de sa cabine (il refusait d'en descendre, refusait de participer aux opérations en cours), il avait su et perçu les ravages que sa bête de locomotive avait infligés, sang et entrailles répandus. Et là, un soir à la table de la cuisine, dans sa maison au bord du fleuve, sous la carrière de pierres, à quelques minutes de marche du lieu de ce dernier désastre – tandis que sa femme dans la pièce d'à côté fredonnait une chanson au bébé et que, dehors, en contrebas de la berge couverte de ronces et de mauvaises herbes, l'Hudson déroulait son ruban d'acier –, il luttait de toutes ses forces pour ne pas entendre la musique que faisaient et avaient faite sa machine et les existences autour de lui, ainsi que le Brahms qu'il n'avait jamais entendu mais qu'il distinguait faiblement à présent, l'*andante* qui avait fini par réapparaître, encore que sous la forme d'un choral. Le soir tombait doucement sur la vallée de l'Hudson. L'automne approchait. L'air était frais et pur. Son enfant dormait. Sa femme entra, en jean et T-shirt, l'embrassa avec tendresse sur le front, laissa un instant ses lèvres là, sachant à quoi il pensait, parce qu'il y pensait depuis deux semaines. Le poids de cette mort. Il est temps de repartir travailler maintenant, disait son baiser. Avec la même tendresse, il le lui rendit. Il mit sa veste, alla jeter un dernier regard sur sa fille endormie, passa le pouce sur ses paupières. Il monta les marches en parpaings vers son camion, sentant le poids s'alléger. Le soleil couchant filtrait entre les arbres. Il y avait l'odeur de l'eau, de la terre, du ciel. Une péniche était ancrée dans le fleuve, qui attendait son chargement de pierres. En bas de la rue, des enfants tournaient en rond sur leurs vélos. C'était un bon boulot, même si le monde n'était pas ce qu'il devrait être. Oui, c'était un bon, un très bon boulot.

Coït

Cela se passe un mercredi 10 juillet après-midi par une journée plus fraîche que d'habitude au cours d'un été long et sec près du littoral de la côte Est pendant un coït entre Bob Sampson et Ellen Davison-Simms couchés dans une lumière qui semble onduler en fonction des rideaux qui se soulèvent et retombent depuis les premiers instants (avant pénétration) sous l'effet d'un front d'air frais et sec venu du Canada qui apporte un certain soulagement après deux longues semaines de chaleur record. La maison où se trouvent nos deux amants – ainsi qu'ils se définissent – est inondée de lumière, une belle maison blanche ni spécialement grande ni spécialement petite mais imposante à sa manière, rattachée comme elle est à la propriété plus vaste dont elle faisait autrefois partie ; on l'appelle la maison d'amis, encore qu'elle soit plus grande que les autres maisons plus haut sur la colline, éloignées du fleuve, et maintenant que les haies et les rosiers grimpants sur leurs treillis pourrissants ont poussé, elle est isolée. Les préliminaires sont achevés – il est en elle – et au contact du souffle de la brise sur son corps – il est sur elle –, il a l'impression que ses fesses sont comme de la craie, comme du roc, dures et fermes, éternelles, retenant en elles la fraîcheur dont la terre a besoin, malgré la marque de son bronzage qui lui donne le sentiment – ou du moins la vague sensation – d'être un homme à deux faces, l'une chaude, l'autre froide, habillées de maillots de bains, de caleçons ou de tenues de tennis. Mais c'est une autre histoire, parce qu'au deuxième ou troisième coup de reins (s'agit-il de coups de reins ou plutôt d'un balancement, de mouvements cantonnés dans certaines limites ?), les rideaux se soulèvent de nouveau, se gonflent, aussi il tourne légèrement la tête et, les yeux presque fermés, les voit comme des plis blancs de lumière, d'espace et d'air ; les rideaux que sa femme a cousus pour la vieille maison, la première qu'ils habitent ensemble, étalant dans le living les longues étoffes de coton pour les couper à la bonne longueur... avant de revenir à Ellen dans la gorge de qui, le menton effleurant un instant le sien, naît comme un ronronnement, une gorge qu'il sent vibrer – et au loin, le gémissement plaintif d'une sirène de bateau, un remorqueur qui tire une péniche sur le fleuve vers les carrières de pierres de Haverstraw, deux formes d'avertissement qu'il entend...

... et qui, sans raison particulière, lui rappellent la mort de son frère Tom, dans le nord du Michigan, pendant une descente en canoë de la Two Hearted ; une rivière dangereuse, de nombreux amas d'arbres ce printemps-là, une eau glaciale, les branches noires et froides qui l'ont maintenu prisonnier sous la coque du canoë – c'est en payant ce lourd tribut que Bob Sampson a acquis cette profondeur dans le regard ; Ellen l'a remarquée, qui conférait à ses yeux toute leur séduction. Ils s'étaient rencontrés banalement, tombant l'un sur l'autre comme dans les mauvais films, ou parfois même dans les bons, quand le destin s'évertue à rapprocher deux êtres – du moins sommes-nous censés le croire tout en n'ignorant pas que c'est surtout le hasard et rien d'autre, sinon, comment expliquer que le regard de Bob lui ait tant coûté ? On ne voit jamais cela dans les films, le prix que coûte la beauté ; Ellen le comprit quand elle croisa son regard, dans la file d'attente ; qui ne l'aurait pas compris ? Bob avait des yeux magnifiques. Deux étangs profonds ; ils se posent sur vous l'instant nécessaire, puis se détournent ; il ne dévisage pas les gens, il prend juste le temps de regarder, ou en tout cas, il l'a fait ce jour-là, tandis qu'il commandait un double cappuccino avec de la cannelle – un homme qui aime la cannelle, se dit-elle ; elle portait sa jupe vert jaune, plissée, plaquée contre ses cuisses ; elle était propriétaire d'un magasin de vêtements et elle connaissait tout le monde en ville, même si, sans qu'on sache pourquoi, elle n'avait jamais rencontré Bob qui avait installé son bureau chez lui, devenu travailleur à domicile, comme on dit ; plus tard, elle se souvint de sa femme qui s'appelait Cindy, une femme grande et svelte qui venait souvent et marquait une préférence pour les longues robes noires plutôt drapées... nous la laisserons de côté pour le moment ; l'arc de son dos quand il est en Ellen, le bateau, la sirène, la pointe, la pointe de son menton à elle – lumière rose et blanche, fraîche, et pourtant une mince moustache de sueur apparaît au-dessus de sa lèvre supérieure ;

il y a, comment dirait-on ? comme une tristesse, une réticence dans la façon dont il retient son mouvement. Non pas qu'il le pensait, mais peut-être que la pensée se formait néanmoins – que c'était pour repousser la mort qu'on s'interrompait ainsi afin de ne pas jouir, de ne pas répandre sa semence sans toutefois l'admettre, cependant que la main d'Ellen, doigts écartés, est plaquée sur sa nuque, sur ses cheveux noirs coupés en dégradé, tachetés de gris – peut-être ne le savait-il même pas, peut-être ne voudrait-il même pas qu'une idée de contrôle interfère avec l'instant présent ; il épongea la sueur avec sa langue.

qu'est-ce qui se passe
rien
tu es sûr
ouais
juste une petite pause
ouais

de nouveau la sirène plus loin en amont du fleuve près de Haverstraw ou alors un train qui traverse le fleuve et le son qui fait des siennes – c'était où, à deux ou trois kilomètres de là ? –, l'eau froide et calme, un ruban argenté ; les yeux ouverts ; Ellen, six ans de moins que lui, la peau encore tendue mais plus aussi fraîche, les yeux marron clair, petits, tout près des siens, trop près peut-être, parce qu'il recommence à se balancer pour l'éloigner, la forcer à se rallonger afin qu'elle ferme ses yeux blancs et roses, ce blanc et ce rose derrière les paupières ; de nouveau le vent, sur le côté maintenant, le genou qui pousse sa jambe, tout qui bascule... ce grognement qui naît en eux, une fois, deux fois, le blanc qui s'agite et la maison, tentative pour délivrer, se délivrer de quelque chose. (Il y a ce jour de l'hiver dernier où, revenant de la ville par le Saw Mill Parkway, sous la neige, il avait vu des cerfs paître au bord de la route – non, ce n'était pas ce spectacle qui importait, mais la monotonie du trajet ; il conduisait lentement au milieu du rideau de neige balayé par le vent que les phares ne parvenaient pas à percer, et il avait dû se garer pour se repérer, et là, pour la première fois depuis des années, comme cela, dans le silence, enfermé dans sa voiture, il avait pensé à Tom, la descente de la rivière, le canoë qui chavire, le froid glacial de l'eau qui lui coupe la respiration.) Qu'est-ce qu'il avait vu ? Son frère se noyer ? Non. Rien de tel. Simplement le canoë rouge coincé contre l'arbre, les branches noires au-dessus de l'eau, qui se reflètent à la surface ; il avait plongé un instant plus tard pour ne trouver que les ténèbres ; le courant l'avait entraîné vers le fond, plus impénétrable encore, puis il était remonté, appelant Tom Tom Tom, se demandant si son frère ne lui jouait pas un tour, car il avait l'habitude de jouer des tours. (Un hiver, pendant qu'il pêchait, il était tombé à travers la glace, et il avait fait l'imbécile tout en agrandissant le trou – mais c'est une autre histoire, juste une autre histoire.) Il ne se rappelait pas du tout le visage de Tom, en vérité, pas davantage que celui d'Ellen quand, les yeux clos, il était immergé en elle. (Les yeux, les lèvres, il ne les retrouvait pas.) Ils s'étaient arrêtés à plusieurs reprises pour passer à gué et contourner les plus grosses branches – trop souvent, de fait – et puis il y avait déjà des nuées de pucerons à cette heure matinale ; ils avaient des masques protecteurs, mais ils les avaient laissés dans la tente ; voilà ce qu'il se rappelait, l'odeur du feu, la fraîcheur de la nuit, se raser le matin au bord du lac Supérieur où l'eau était froide à vous paralyser, froide à en mourir, froide à vous bleuir les chevilles avant même d'y entrer. La manière dont Tom se jetait dedans tête la première.

La logistique était simple, trop simple, pensait-il parfois, pas trop souvent ; l'un et l'autre étaient libres toute la journée ; pour s'assurer de son absence, pour s'assurer qu'elle se trouvait bien en ville, il appelait Cindy au milieu de la matinée, mettons, pour entendre sa petite voix dans son téléphone équipé d'un haut-parleur. (Les silences entre les mots, l'appareil les comblait par des parasites ; c'était ou la voix de Cindy ou les parasites et rien entre les deux, ce qui la rendait d'autant plus inhumaine.) Non que ces coups de fil ne lui procurent pas un sentiment de culpabilité – le sentiment de culpabilité était bien présent et, chose étrange, il se manifestait dans la prière. Il fréquentait la Première Eglise congrégationaliste, en aval du fleuve en direction de la ville, dans le New Jersey – le long de la 9W qui épousait le cours de l'Hudson –, et il y allait seul, parce que Cindy s'y ennuyait et que lui, il ne tenait pas à perdre son âme, comme on dit, pour le salut de laquelle il priait ; oui, il priait à cause de la souillure qui entachait sa vie, du vide suceur de sang où, il le savait, il était tombé, si on peut encore le croire à notre époque, comme on dit, mais lui, il le croyait ; il priait donc pour le salut de son âme, avec soin, avec ferveur, veillant à ce que chaque confession fût vraie, sincère, offerte aux forces en jeu qui décidaient du destin des âmes en cette toute fin du XXe siècle – le rose derrière les paupières, l'humidité et l'espace creux au bout de son sexe, une grotte qui s'ouvre une seconde sous lui avant de se refermer ; il a fallu un moment pour en arriver à ce qu'ils se déshabillent l'un devant l'autre, de fait, des mois passés à parler en buvant un café ; elle portait les cheveux tirés en arrière, ce qui dégageait son front lisse et ses minces sourcils épilés ; il y avait – il priait pour qu'il en soit ainsi – une fusion inévitable des âmes qui finit par les conduire à se mettre nus, mais c'est une autre histoire, la véritable union de deux êtres – le vent qui se lève une fois encore, une main fraîche sur son dos, l'odeur de l'herbe coupée, du liseron, du bambou sauvage près du chantier naval, de légères émanations de gaz d'échappement, et elle lui dit doucement à l'oreille, les lèvres tout contre, contre le lobe, lui murmure dans une langue inconnue, son chant secret en langue cryptée, oh, oh, oooh, certes, il profitait d'elle, il le savait – la perspective de relations sexuelles, d'une liaison, d'une union des corps ; c'était en partie dû à la manière dont elle était habillée lors de leur deuxième rendez-vous, la jupe vert jaune maintenant en loques ; là, à la fin du printemps, jean troué aux genoux et baskets Ked's ; quand ils finirent par s'asseoir et qu'elle plia les jambes, il aperçut la fossette qu'elle avait aux genoux, et à partir de cette surface de peau lisse, il extrapola pour se représenter le reste de son corps, ce qui est sans nul doute possible.

La sirène de midi retentit, et le son se propagea au-dessus des eaux scintillantes envahies par la marée en provenance de l'océan, l'Hudson dont l'embouchure léchait l'Atlantique, lequel léchait maintenant les piles du pont, puis il se répercuta sur l'autre rive, survola les collines qu'on voit de la fenêtre de leur chambre, une porte-fenêtre ouverte qui donne sur un petit toit goudronné. L'écho de la sirène lui parvient, et il perçoit tout le poids de la colline – le corps fléchi, appuyé sur les mains pour sentir les chairs autour de lui, ne rien perdre de ce doux mécanisme bien huilé –, et le son enfle, s'élargit ; loin le long de cette rivière – une rivière sombre, entourée de forêts –, ils avaient dormi au camping, s'étaient levés en même temps que le soleil et, après s'être rasés, avaient roulé une trentaine de kilomètres en amont jusqu'au portage ; c'est sur ce point que des années plus tard il s'adressa des reproches, à cause de l'idée stupide d'avoir mis le canoë sur le toit du break de leurs parents pour suivre la rivière afin de la descendre en pagayant (c'était la seule zone de parc national où le camping était autorisé dans cette partie nord de la péninsule – un bout de terrain minable, tout poussiéreux, des barbecues creusés à même le sol, entourés de vieilles bouteilles de Budweiser, un simple trou en guise de toilettes), alors qu'ils se trouvaient déjà à l'embouchure de la rivière. La Two Hearted se jetait sèchement dans le lac Supérieur ; elle ne s'étalait pas, ne formait pas de delta, mais fendait avec netteté les eaux glacées du lac. Ils avaient eu l'intention de descendre la rivière, et ensuite de pêcher en fin d'après-midi, au meilleur moment de l'éclosion des insectes.

Quel rapport
avec
le soulèvement rose de ses hanches blanches, son ventre plat
contre le sien un instant leurs yeux qui s'ouvrent
au coup de rein narratif
qui annonce
une résolution ;
sur la colline personne ne se soucie
de résolution, mais là au bord du cours d'eau la musique
était classique et les gens aimaient
et même priaient pour l'entendre
seuls
au bord de la route
sous les chutes de neige
priant.

Bob se souvient de l'avoir entendu, le coup de feu tiré par un fonctionnaire qui a mis fin à ses jours sur la colline en juin ; tous deux l'avaient entendu – *le bruit d'un coup de feu se répercutant sur les falaises, sur les collines autour du cimetière un peu plus haut que l'hôpital ; et après sur sa tombe :* IL EST MORT DANS LA VIOLENCE, MAIS IL REPOSE EN PAIX – pendant qu'ils coïtaient sur son lit conjugal ; c'était peut-être cela, la raison pour laquelle il y pensait en utilisant ce terme technique, parce qu'il était là, dans le lit conjugal, à écouter pendant qu'un type se tuait, à surprendre ce lointain écho alors que ce jour-là le soleil apportait de la berge près du chantier naval de fraîches odeurs de menthe (il avait plu dans la nuit). Et aujourd'hui, en juillet, il revit tout cela, se rappelle comment tout à l'heure, quand ils se déshabillaient, quand chacun faisait tomber le dernier vêtement de l'autre, sa voix lui avait paru refléter la solitude ; il commence à la voir telle qu'elle est, un être solitaire qui a besoin de lui ; une cliente est venue faire un échange, lui rendre une robe blanche et vert foncé en imprimé qu'elle lui avait recommandée, et tu sais, Bob, a-t-elle dit, je l'ai pris sur le plan personnel, cette façon d'entrer, comme ça, de dire que ça n'allait pas, tu comprends, c'est tout ce qu'elle a dit, que ça n'allait pas, peut-être que je l'ai pris trop à cœur, c'est sûrement ça, mais quand même, tu crois que j'ai tort de m'en faire ? Qu'est-ce que tu en penses, Bob ? Comme s'il savait ! Comme si quiconque savait ! et il y a ce sentiment qu'il éprouve, celui qu'il devrait se perdre, oublier, la prendre pour ce qu'elle est, mais il est soudain conscient des plis que fait le drap – il le tendra, le bordera, le reniflera pour vérifier, demandera peut-être à la femme de ménage de le changer (on est bien mercredi, non ?) ; un jour à Barcelone, avec Cindy, il avait eu cette impression – que quelqu'un avait déjà dormi dans les draps –, et lorsqu'il était descendu à la réception, on le lui avait confirmé. Ils s'étaient trompé de chambre. Un lit refait peut-être par habitude de l'ordre. Ses doigts sont de nouveau sur elle, qui caressent la chute de ses reins à la recherche de quelque chose...

Le goût de sel de sa moustache de sueur, le son d'un autre bateau – le deuxième d'un train de trois péniches qui, au-delà de Hook Mountain, s'engage dans le méandre au bord duquel s'étendent les carrières –, une sirène qui pourrait le ramener à l'instant où, après qu'on avait sorti de l'eau son frère Tom, il avait vu à ses yeux, dans la faible lumière, tout en refusant de voir, qu'il était parti, perdu. Mais dans la lumière rose/blanche, le bruit des battements de son cœur, un nouveau souffle de vent, apportant celui-là une légère odeur de goudron – en provenance de travaux de couverture à quelques rues de là, des hommes avec de lourds seaux remplis de goudron qui calfataient le toit d'une pizzeria –, il donne une violente poussée qu'elle reçoit en soulevant les hanches, donner et recevoir, dans un univers rose/blanc ; l'air frais ; le creux au fond, son doux ronronnement, à peine, plutôt le sifflement infime que pourrait produire un oiseau qui se repose, qui dort peut-être, et ils vont renoncer à tout pour cet instant, l'un comme l'autre, elle à son magasin de vêtements, lui à ses affaires, pour s'ouvrir, avant que s'égrènent les ultimes secondes de blancheur lisse, de rose qui s'épanouit, d'air qui soulève les rideaux et de chaleur à faire des vagues sur le goudron, la chaleur de la jouissance partagée ; il sera libéré ; il prendra dans ses bras l'esprit de son frère mort ; les cheveux emmêlés collés sur son front des heures plus tard quand les policiers, à l'aide de longues perches, l'avaient tiré de l'eau, accroché par un bras, juste un bras, sous l'aisselle, tiré ainsi, car on l'apercevait, le corps tout tordu, ballotté doucement par les courants.

L'expiation n'a pas grand-chose à voir avec cette histoire, maintenant que le son de la sirène du bateau s'est glissé dans les mouvements et les caresses qui composent un après-midi d'amour. L'espace d'une minute, fou de désespoir, il avait vacillé sur la berge, sans savoir où il était, naturellement, sinon qu'il se trouvait quelque part au bord de la Two Hearted (plus tard, écoutant du Mozart, il sut ce qu'il avait ressenti : deux motifs qui s'élèvent en même temps, qui jouent l'un contre l'autre avec une cruauté et une grâce purifiée de toute faute, les notes qui ne font que donner, donner et prendre, voilà ce qu'il avait ressenti, là, dans la lumière terne, obscurcie par les branches, sans savoir, sans savoir où il était) ; titubant ; pleurant ; l'odeur de paillis humide de l'humus forestier et le vide immense de la Péninsule, ces terres sauvages rocailleuses qui plongent dans la plus vaste étendue d'eau douce du monde, un lac si profond qu'il peut engloutir des cargos entiers, des bateaux si longs que les membres de l'équipage prennent des vélos pour aller d'un bout à un autre. Il était dans le non-savoir du sexe, perdu dans le sexe, dans les vagues blanches du froid – près de venir, de partir et de perdre –, et il se souvenait à l'instant du prix ; et elle aussi, peut-être, les yeux fermés tandis que les siens sont ouverts – il les avait ouverts, il était conscient, et il les ferma pour se protéger du rose et de la blancheur froide et humide de son propre corps ; il y avait l'odeur du goudron aussi, mais ce n'est pas assez pour construire une histoire, pas davantage que les deux kilomètres qu'il parcourut sur la route, encore pleine de boue gelée, pour arrêter un pick-up, couleur eau de sentine, conduit par un vieil homme équipé d'un sonotone à qui il dut hurler de l'amener au magasin le plus proche où il trouverait un téléphone ; l'assouvissement, la chair contre la chair, la chair du déshonneur et de la culpabilité, porteuse d'un vestige d'espoir ; car il y avait pour lui un espoir dans la jouissance, après avoir attendu, et aussi dans son pelvis à elle qui s'arquait et dans la petite prière qu'il avait faite cette nuit-là au bord de la Saw Mill ; c'est le fin mot de l'histoire, et ensuite, dans la lumière, la transpiration qui sèche, les yeux grands ouverts, elle verra dans son regard le prix que tout cela lui a coûté, suppose-t-il – la mort de son frère en ce jour de printemps, l'expression du policier qui cherche la faille dans le récit, le poids de l'histoire déjà lourd, qui déjà se brise dans sa bouche en quête des mots justes ; il était assis à l'écart sur la berge pendant que les hommes en cuissardes dégageaient Tom ; cette main de pierre qui s'agitait pour l'éternité lui brûlait les paupières en permanence, au dernier moment tout comme à la première apparition de la lumière rose blanche et blanche et violet foncé tandis qu'il fermait très fort les yeux en jouissant et qu'elle disait, je viens, doucement, à peine un souffle sur les lèvres que la mémoire se rappelle, le drame qui a fait de vous un être déchiré qui essaie de revivre ces instants, les flancs rouges d'un canoë sur la berge, le vent qui siffle au travers des conifères, l'idée stupide d'aller d'un endroit à l'autre pour le seul plaisir de le faire alors que rien ne vous y oblige...

plus tard, encore nus, ils se parlent doucement. Elle lui réclame des détails, elle veut savoir d'où cela lui vient, ce regard perdu dans le lointain, ces longs silences qui ne sont pas obsédants mais simplement là, qui font partie de lui, et il tâche d'expliquer, appuyé sur un coude, tâche de se souvenir, se remémore le jour où le type s'est tué en haut de la colline ; il a entendu le coup de feu, lui aussi, car il s'est propagé au-dessus de l'eau, une détonation – comme a écrit le journal –, puis s'est répercuté sur les crêtes anodines, et il n'a pas été facile de chasser ce souvenir, d'en décoller les bords pour le laisser s'envoler.

Ce qu'ils ont fait

Ce qu'ils ont fait, c'est recouvrir le cours d'eau avec de grandes dalles de béton armé, de celles qui possèdent une armature de tiges d'acier. Peut-être commence-t-on par construire une armature de tiges, puis coule-t-on le béton par-dessus pour confectionner un sandwich de ciment et d'acier. Par ailleurs, on pourrait définir le cours d'eau comme une rivière, ou même, à certains endroits, selon la langue vernaculaire, comme un ruisseau, encore qu'au fil des générations il ait creusé une étroite gorge sur son passage, un petit canyon aux rives escarpées. Ils ont recouvert les dalles de béton de quelques centimètres de déchets divers, morceaux de ciment, débris, bouts de bois et autres cochonneries récupérées en creusant les fondations de la maison sur le lotissement, lequel se trouvait à une cinquantaine de mètres du ruisseau. Puis ils ont recouvert les débris et les cochonneries de quinze centimètres de terre sablonneuse prise quelque part du côté du lac Michigan, de la mauvaise couche arable, du genre de celle qui avait eu raison des ouvriers agricoles dans le désert de poussière de l'Oklahoma. Et par-dessus le tout, ils ont mis sept à huit centimètres de terre bien riche, bien humide, de la terre qui coûte un paquet, et encore, par-dessus, un gazon qu'on déroule comme des rouleaux de papier toilette, après quoi, ils ont arrosé comme des malades et ont laissé pousser pendant qu'ils montaient les murs de la maison et finissaient de l'aménager pour la faire visiter aux acquéreurs potentiels. Les premiers visiteurs, les Howard, l'achetèrent sur-le-champ. Le désir instinctif de bâtir son nid, expliqua Howard, échangeant une poignée de main avec Ingersol, le type de l'agence immobilière. Marjorie Howard plaqua sa paume sur son ventre arrondi et pensa *C'est pour dans deux semaines*, mais elle ne le dit pas. Quelques grosses pierres, ou petits rochers, s'empilaient au bord de l'allée, abandonnés là pour rappeler quelque chose, peut-être le fait qu'autrefois il y avait à cet endroit un vallon planté de peupliers et de bouleaux qui descendait en pente douce jusqu'au bord de la gorge au fond de laquelle coulait une rivière, un ruisseau ou quel que soit le nom qu'on lui donne, maintenant disparu sous des dalles de béton qui commençaient déjà à s'affaisser, mais pas assez pour que le contrôleur des travaux le remarque, lui qui *ignorait absolument* la présence du cours d'eau, parce qu'on était devant un cas caractéristique de *pas vu pas pris*, et puis qu'il valait mieux ne pas en parler afin de ne pas effrayer les futurs acheteurs qui risquaient de s'inquiéter, si telle était leur nature, au sujet d'un malheureux ruisseau recouvert de béton armé. Aussi, de la cuisine, une vaste cuisine avec fourneau équipé placé au milieu comme une île, et munie d'une large fenêtre, on ne voyait qu'une pente qui descendait jusqu'au fond du jardin où l'on construisait une haute palissade en cèdre, une pente douce très, très légèrement incurvée au centre, mais aucun signe, absolument aucun, d'une rivière qui pourrait couler là. Pendant le procès, les jardiniers paysagistes – ou quel que soit leur nom – utilisèrent le mot ruisseau pour évoquer quelque chose de petit censé atténuer la stupidité de ce qu'ils avaient fait. Le procureur, pour sa part, utilisa le mot fleuve pour le comparer au Styx, ou au Phlégéton, le fleuve bouillonnant de sang, sans citer Dante ni autre, mais en employant ces termes à la grande confusion du jury, quatre Blancs et trois Blanches, trois Noires, deux Hispaniques. Des dalles de béton recouvraient le ruisseau, la rivière, le fleuve ou quoi que ce soit sur les deux lotissements adjacents, même topo, mauvaise terre, humus, rouleaux de gazon, arrosage d'enfer pour le faire pousser, mais qui aurait toujours ce petit air artificiel que garde ce genre de pelouse des années et des années durant, dépourvue de la moindre ronce ou mauvaise herbe pour lui donner une texture naturelle. Un peu plus loin, la rivière formait un coude vers la gauche, traversait des champs à l'abandon et un terrain boisé destinés à la construction, mais la récession (dans l'industrie lourde, surtout) avait retardé le début des travaux, et de minces rubans fluorescents orange attachés à des poteaux délimitaient les futures « propriétés », voies sans issue et résidences clôturées qui verraient le jour après que les peupliers et les bouleaux auraient été abattus, réduits à l'état de souches parmi les ornières creusées par les camions. Ce qu'ils ont fait, c'est recouvrir de la même manière une autre rivière quelque part ailleurs et remarquer ensuite que les dalles de béton se soulevaient légèrement, sans doute sous l'effet de la constriction du béton séchant autour des tiges d'acier ; si bien que, pour y remédier, ils suspendirent au centre des dalles, au bout de courtes chaînes, des seaux galvanisés remplis de ciment, un seau par dalle qui opérait ainsi une petite traction vers le bas pour que, pendant que le béton durcissait – et non pas séchait, comme l'expliqua au procès un ingénieur – et qu'une transformation chimique, une réorganisation des molécules et ainsi de suite se produisait, la dalle s'aplanisse. Aussi, quand le secouriste descendit au fond et promena le faisceau de sa lampe de mineur autour de lui, il vit un spectacle étrange que son cerveau enregistra à peine, une succession de petits seaux qui se balançaient au-dessus de la rivière avant de disparaître dans les ténèbres tandis que le cours d'eau formait un léger coude vers le nord et s'enfonçait à son tour dans l'obscurité. Ce qu'ils auraient pu faire à la place, dit l'ingénieur, c'est détourner la rivière (ce qui, bien sûr, aurait coûté une fortune et nécessité un droit de passage sur la voie de chemin de fer, propriété de la Conrail ou de la Penn Central) et, pour cela, creuser une tranchée destinée à dériver les eaux qui, à force d'érosion, se seraient aménagé un nouveau lit. Ce qu'ils auraient pu faire, dit un architecte environnementaliste qui devint écarlate en se présentant ainsi, honteux de claironner de cette façon un titre pourtant symbole de vertus écologistes – du moins sembla-t-il à Mr. Howard qui, des deux, était le seul capable de le regarder en face. Mrs. Howard se tamponna le nez à l'aide d'un Kleenex en lambeaux, renifla, ravala ses larmes, étouffa un sanglot, fit ce qu'elle avait à faire. Elle n'assista pas à tout le procès, évita la séance où l'on produisit les photos du cadavre. Elle évita les schémas représentant la rivière et le lotissement, les cartes, les dessins en coupe des dalles de béton. Elle ne supporta pas non plus la vue du jardin, du trou béant, des cônes orange et du ruban jaune installés autour par la police, ni, de temps en temps, aveuglants comme des éclairs, les projecteurs d'une équipe de télévision, un résumé pour le journal de onze heures, jusqu'à CNN qui revint quelques jours plus tard pour une ultime resucée. Ce qu'ils auraient pu faire, c'est laisser la rivière où elle était et l'enserrer entre deux jolis murs de soutènement en pierres de taille, parce que, à en croire un expert, la rivière, un affluent du Kalamazoo, alimentée surtout par les eaux de ruissellement d'un golf et des forêts alentour, s'asséchait petit à petit en tout état de cause. Dans les cent ans à venir, elle aurait pratiquement disparu, ajouta le témoin, sans répondre à la question de savoir si le courant aurait été assez fort pour éroder le pied des murs portant les dalles et provoquer ainsi leur chute ou leur affaissement, non, impossible d'en être sûr, se contenta-t-il de dire. Un affaissement, ils appelaient cela. Pas un trou. C'est un trou, nom de Dieu ! dit Mr. Howard. Aucun parmi les avocats de la défense ne voulait admettre que le responsable était le poids du seau accroché là. Selon leur version, c'était l'érosion, les forces naturelles, une catastrophe naturelle. Aucun ne voulait admettre que tout cela n'y était pas pour grand-chose, sinon pour rien. Sauf, intérieurement, Ralph Hightower, le surveillant des travaux qui avait eu l'idée des seaux sous la pression des promoteurs dans leurs bureaux de Lansing, la capitale de l'Etat, et de son patron, Rob, qui insistait pour que le chantier soit terminé à temps pour les inspections finales du printemps. Il y songeait parfois, buvait deux ou trois bières, fumait un de ses mauvais cigares Red Owl et pensait à sa culpabilité comme on pense à un mauvais match sur lequel on a parié et perdu ; il n'aimait pas les enfants, pas même les innocentes petites filles, mais il éprouvait malgré tout un léger sentiment de culpabilité envers le secouriste qui avait dû descendre au fond, apercevoir le cadavre qui flottait à une quinzaine de mètres en aval et patauger dans l'eau noire au sein des ténèbres étouffantes pour aller le chercher ; il avait lui-même marché de temps en temps dans l'eau des rivières pour pêcher le saumon, et il n'ignorait pas combien les pierres couvertes de vase pouvaient être glissantes. En dehors de Ralph Hightower et de ses bières, la culpabilité et la responsabilité étaient partagées entre une dizaine de personnes jusqu'à ne plus constituer qu'un sentiment tiède et délayé, pareil à une petite goutte de lait dans un grand bol d'eau – à peine visible, à peine une légère brume, et encore. Le véritable sentiment de culpabilité, c'est Marjorie Howard qui l'éprouvait, elle qui avait vu sa fille disparaître, engloutie par la pelouse épaisse, d'un bleu-vert étincelant sous un ciel de printemps absolument pur. Le gazon explosait d'un excès de photosynthèse, mais on devinait aux petites différences dans les nuances de couleur à l'endroit où les bords se rejoignaient qu'il était composé de rouleaux – et cela après deux bonnes années d'arrosage intensif les soirs d'été et d'engrais associé à un désherbant que Mr. Howard répandait soigneusement, bande par bande. (La veille de la disparition de sa fille dans le jardin, Mrs. Howard avait lu que c'était la chaleur et non la lumière qui provoquait la germination des graines en sommeil et autres.) Regardant dehors, elle avait fixé son attention au-delà de la barrière de sécurité Fisher-Price censée interdire l'accès à l'escalier de la terrasse. Elle vit Trudy le descendre, la démarche chaloupée, incertaine, tout juste capable de s'adapter à la dimension inhabituelle des marches (construites au-delà des normes, stupidement larges et courtes à cause de l'erreur du menuisier qui s'était occupé de la terrasse, un jeune apprenti, à vrai dire, et le résultat était presque pire que s'il les avait faites contraires aux normes, trop étroites ou trop hautes). La fillette était au milieu du jardin, à mi-chemin de la palissade en cèdre, se dirigeant droit sur quelque chose – réel ou imaginaire, qui le saura jamais ? – qu'elle se figurait voir ou qu'elle voyait vraiment, peut-être la petite vasque qui se trouvait là. Ce qu'ils ont fait, c'est enfermer les tiges d'acier – disposées en treillis ou simplement en barres longitudinales – dans un coffrage de bois, là-bas dans la forêt, ou plutôt ce qui avait été une forêt et n'était plus qu'un champ de boue creusé d'ornières où, d'ici quelques mois, s'élèverait une nouvelle maison. Les coffrages terminés, des camions arrivèrent qui versèrent le béton dessus et, une fois celui-ci sec, on amena un engin qui souleva les dalles au-dessus du ruisseau, du fleuve, de la rivière ou quoi que ce soit, qui à ce moment-là, pleine de vase et de boue en provenance du chantier, n'était plus ce cours d'eau vif et tranchant comme un couteau, mais un simple écoulement brunâtre. S'il restait encore des poissons, ils devaient être si perdus et hébétés qu'ils ne méritaient même plus le nom de poisson. Qui souleva les dalles donc, guidées par des cordes, et les posa au-dessus de la rivière – peut-être une vingtaine au total, selon leur largeur. Puis on en posa d'autres pour le lotissement suivant, avec l'approbation ou non de l'inspecteur qui, de toute façon, ne venait plus guère dans le coin. Après quoi, on les recouvrit de cochonneries, puis d'humus, puis de rouleaux de gazon, pendant qu'un tas de gens s'activaient, d'abord les maçons et les couvreurs, ensuite les plâtriers, puis les peintres travaillant de concert avec les poseurs de moquette dont les cloueuses produisaient un bruit de fusillade, et après eux, ou en même temps qu'eux, peu importe, les électriciens qui branchèrent les appliques, la cuisinière, tout cela sous les ordres du patron, à l'instar des poseurs de fenêtres préfabriquées dans des cadres également préfabriqués, double vitrage, lavage facile et tout, afin d'être prêts pour les visites que les promoteurs, depuis leurs bureaux de Detroit, avaient organisées. La demande était déjà très forte à cause de la grosse société qui devait installer non loin son siège international. C'était un endroit assez isolé, mais étant donné d'une part les conditions fiscales avantageuses (et la présence d'une zone industrielle) et d'autre part les fax et toute la technologie moderne, il suffisait que le siège soit relativement près d'un aéroport, même secondaire, et qu'un hélicoptère puisse se poser sur le toit pour permettre les allées et venues des directeurs généraux. Les nouveaux arrivants avaient besoin de logements. Les visites devaient avoir lieu au printemps, car il fallait que le siège de la grosse société soit opérationnel dès le 1er juillet. Ce que le sol a fait ce jour-là, c'est s'ouvrir, former un joli petit trou parfaitement rond sous le poids de la fillette – qui n'excédait pas quinze kilos, et qui suffisait cependant à déclencher les forces ayant déjà commencé d'agir, mais qu'importe, les faits, les lois de la physique ne relèvent pas de la magie comme l'a déclaré un ingénieur lors de son témoignage, et si cette tragédie ne s'était pas produite – ce sont ses propres paroles –, la rivière elle-même aurait fini par gagner, éroder les bords, de sorte que la dalle entière serait tombée au cours d'un barbecue, une partie de volley-ball, de badminton ou autre, engloutissant l'ensemble des participants dans les profondeurs de la terre. *Un instant là, et l'instant d'après, disparue,* ainsi que quelqu'un, mieux vaut taire qui, mais sans doute un journaliste de CNN, décrivit ce que Marjorie Howard avait vu – ou senti, parce que, franchement, la phrase ressemble à un poème métaphysique ou peut-être un précepte philosophique (mauvais choix de la part des entrepreneurs, non, pas cela, il n'est pas question de choix ici, le destin ou Dieu alors, s'ils ont quelque chose à y voir, un journal local a réellement employé la phrase « Volonté de Dieu », si toutefois c'est une phrase).

Mais il s'agit d'un compte rendu exact, parce que, debout dans la cuisine, elle la vit partir, la vit disparaître, et son incrédulité, le moment de folie tandis qu'elle se frottait les yeux, le moment d'incrédulité totale, inimaginable, ne cesserait d'enfler, de déferler dans son esprit, si bien qu'entre l'instant, la fraction de seconde où sa fille *était là* et celui où elle *avait disparu* s'ouvrait une plaie béante, un vide qui ne serait jamais comblé, un puits sans fond, peut-être. Ce qu'ils ont fait, c'est poser les dalles, effectuer tout le travail en une matinée parce que la grue était attendue sur un autre chantier à l'autre bout, dans la petite ville de Plainwell, et puis se dire en mangeant leur déjeuner dans des gamelles noires, le pied sur une souche, des Ho Hos et des Twinkies en guise de dessert, en regardant les dalles, maintenant que la rivière avait disparu, que le ruisseau avait disparu et qu'il ne restait plus que des dalles de béton encore humides, entourées de boue, cependant que les seaux de ciment se balançaient en dessous, invisibles : On a fait du bon boulot ce matin ; rien de plus, rien de moins.

L'élégie de Sleeping Bear

Cette prière, cette élégie – pardonnez-moi ces mots –, a commencé le jour où, alors que nous campions à Sleeping Bear, Rondo est sorti complètement bourré et s'est perdu. En nous réveillant, vers dix heures peut-être, la gueule de bois, clignant des yeux pour nous protéger de l'éclat de la lumière, on s'est mis à flipper. Amy, en slip, penchée en avant dans la lueur orange de la tente, enfilait son jean.

Putain, Rondo s'est tiré, a-t-elle dit, sans autre commentaire.

Hein ? quoi ? a fait Ricky. On était trois, à avoir dormi comme autant de souches.

Ce connard n'est pas rentré de la nuit, elle a repris, se frappant deux ou trois fois la tempe du plat de la main, comme pour essayer de déloger quelque chose, rétablir une liaison défectueuse. Rondo était son copain, et l'accent de panique dans sa voix m'a rendu un peu jaloux, parce que j'étais moi-même amoureux d'elle, bien que Rondo fût censé être mon meilleur ami ; on jouait tous les deux au hockey dans l'équipe de l'université, on se distribuait de grandes claques dans le dos, on buvait des coups ensemble, des trucs de ce genre, feignant une solide camaraderie alors qu'en réalité le lien qui nous unissait était enveloppé de mystère, à moins qu'il ne fût purement physique ; nous étions l'un comme l'autre des adeptes de la musculation, dans la fleur de notre développement – plus jamais nous ne serions aussi beaux, aussi forts et aussi virils que nous l'étions cet automne-là. C'était tout le contraire de Sam – le sujet de mon élégie – qui était malingre, sale, répugnant, et dont les longs cheveux gras se balançaient contre son blouson de cuir comme la queue d'un castor.

Ce matin de sinistre mémoire, j'étais persuadé qu'on retrouverait le corps gonflé et imbibé d'alcool de Rondo près du rivage, ballotté par les creux de trois mètres du lac Michigan. Ceux qui ne connaissent pas le Middle West s'imagineront que j'exagère la hauteur des vagues, de même que l'idée d'une immense dune de sable au milieu de la campagne leur paraîtra fantaisiste, tout comme, peut-être, l'idée d'amour entre deux hommes qui se considèrent hétéros, ce qui est mon cas.

Je suis sorti de la tente dans la vive clarté d'une journée de début d'automne, au milieu des hautes herbes et du sable blanc, cependant que quelques touristes défilaient déjà sur les planches qui serpentaient au milieu des dunes ; il était interdit de camper dans le parc naturel, mais on ne s'était pas fait prendre par le *ranger*, peut-être parce qu'il ne nous avait pas vus, bien qu'on ait dormi – à en juger par la position du soleil – jusque tard dans la matinée. Quand on plante sa tente dans une zone autorisée, on doit en général partir avant l'aube si on ne veut pas payer un jour supplémentaire. On a donc émergé de l'intérieur orange fluo de la tente, chancelants, mal aux cheveux, criant le nom de Rondo. Amy était loin, presque hors de vue, poussée par la panique. Dans la chaleur et la lumière aveuglante, je n'ai pas pensé à la maison de Sam à Burdick, ni au corps de Sam que, me semble-t-il, on avait retrouvé par ici. Je n'ai pensé à lui qu'après avoir longé la plage durant une bonne heure, passant devant les restes calcinés du feu que nous avions fait, ceint d'une couronne rouge et blanche de boîtes de Budweiser écrasées, tandis que nous franchissions l'immense dune avec ses ondulations, pleine d'endroits où se cacher. Des arbres réussissaient à pousser au bord, que les grands vents finissaient par coucher et qui offraient ainsi d'énormes amas de racines où l'on pouvait se glisser pour fumer un joint, sentir ce délicieux mélange de chaleur et de fraîcheur, le goût de la terre sèche et de l'humidité sur les lèvres. Je n'ai pensé à Sam qu'une fois seul, au bout de l'un des parkings, assis sur la barrière, le visage enfoui entre les mains, prêt à abandonner – moi qui savais au fond de mon cœur que Rondo était mort, disparu, son cadavre sans doute en train de flotter vers Chicago, dans le creux du lac devant Gary, Indiana, et les cheminées de l'U.S. Steel qui vomissaient leurs nuages de fumée. Je ressentais un vide en moi à la pensée de son torse musclé, de son sourire si spirituel et de la manière dont il buvait sa bière à grand renfort de souples mouvements de gorge. Je me plais à croire que c'est à ce moment-là que j'ai eu droit à ma première leçon sur le machisme et sa stupidité, sur ma légèreté, légèreté de poids, légèreté de cœur, et sur le fait que les lourds idéaux masculins me convenaient mal.

Peut-être le savais-je depuis toujours.

Parce qu'un soir, des années auparavant, après être rentré seul de chez Sam, j'étais monté dans ma chambre et j'avais pleuré. C'est ainsi que j'aime à m'imaginer : un petit garçon pas formé – un blondinet aux yeux écarquillés qui se trouve pour la première fois devant le couloir sombre et désert de la maison de Sam à côté de l'usine, puis dans sa chambre juste après Noël où il n'y a qu'un seul jouet. Impossible que j'aie été cette grande gueule, ce je-sais-tout qui est entré et a ricané ; qui s'est empressé d'aller raconter aux autres que ce petit merdeux de Sam n'avait pas un jouet digne de ce nom, rien qu'une station spatiale Matt Mason, le même que tout le monde avait eu l'an passé ; que sa maison était petite, moche et vide, et que, quand on était redescendus, son vieux, de retour de l'usine – les cheveux coiffés à la Elvis –, tétait une boîte de bière avec des grognements, les coudes plantés sur la table, le visage sans expression ; que ses premiers mots avaient été : Qu'est-ce que vous voulez, petits cons ? et que Sam, rouge de honte, m'avait accompagné à la porte, tendu mon manteau et était sorti avec moi. Foutons le camp d'ici, il avait dit. Quel salaud.

Ai-je pleuré ?

Ou bien le lendemain à l'école, l'ai-je raconté à Ted Nelson qui cherchait toujours un prétexte pour se moquer de Sam ? Lui ai-je dépeint la maison – l'usure au centre de chacune des marches de l'escalier menant à l'étage, la grosse fente dans la boiserie du vestibule où s'accumulait la poussière ? Ai-je livré à Nelson, comme une information top secret, la vérité sur la situation de Sam : un miséreux. Les courants d'air, les carreaux cassés rafistolés avec du carton. Un stalactite de dépôt calcaire qui pendait du robinet de la baignoire. Ampoules grillées. Matelas par terre. Un seul putain de jouet juste après Noël.

Sur la barrière du parking de Sleeping Bear, j'ai pensé à Sam pour la première fois depuis quatre ou cinq ans, et je me suis rappelé ce jour en fin d'après-midi où j'étais allé chez lui pour la seule et unique fois et où, entrant dans la cuisine, j'avais vu son père, les yeux larmoyants, fatigué, vêtu de l'une de ces blouses vert olive de la papeterie, un petit rond de tissu cousu sur la poitrine portant son nom écrit avec du fil rouge en grosses lettres maladroites : ED ; claqué, triste, abattu, dégoûté de la vie, levant sa bière et buvant avant de dire ce qu'il y avait à dire. La cuisine et ses placards à l'ancienne qui montaient jusqu'au plafond ; le plan de travail recouvert d'un vestige de motif à fleurs ; les murs et la cuisinière pleins de traînées et d'éclaboussures de graisse mêlée à la poussière ; le tout éclairé par un globe tacheté d'insectes morts. Le souvenir m'est revenu là, sur la barrière de Sleeping Bear – alors que je m'inquiétais comme un fou au sujet du corps de Rondo, de son cadavre dans le lac –, comment nous avions quitté la maison, traversé la rue, pris entre deux bâtiments de l'usine jusqu'à la voie de chemin de fer et, derrière, l'immense cratère de magma où Allied Paper déversait ses déchets et où nous tous (dans ma bande), nous jouions à nous défier à des jeux stupides et dangereux ; la surface du lac de déchets de pâte à papier se solidifiait comme de la glace et permettait parfois de s'aventurer dessus quand on pensait que la couche tiendrait.

On y va ? C'est à peu près tout ce que Sam avait dit, je crois, regardant la lumière déclinante mourir sur la surface ondulée de la boue durcie. Derrière lui, près d'un rideau d'arbres maladifs, des oiseaux piquaient et plongeaient au-dessus du cratère. A moins d'un kilomètre de là retentissait le sifflet familier d'une locomotive de manœuvre qui approchait, tirant son chargement ; le grincement aigu des attelages nous parvenait. L'industrie se développait partout, mais à l'époque, nous ne le savions pas et ne nous préoccupions pas de le savoir ; nous n'étions que deux gamins qui, en silence, se mettaient au défi de faire une bêtise phénoménale.

En vérité, Sam ne s'adressait pas vraiment à moi, mais se parlait à lui-même, la tête baissée sur ses jambes arquées et le bas de sa parka bon marché en nylon avec doublure orange et capuche bordée de fausse fourrure. Il avait plutôt l'air de prier pour demander une protection divine, vacillant dans le vent froid du soir qui lui ébouriffait les cheveux, au bord du cratère de boue – c'était une substance traîtresse, une saloperie venue d'ailleurs, ni pâte à papier, ni glace, ni rien de ce genre –, et avant que j'aie pu répondre : Ouais, on y va, et le rejoindre, il tâtait du bout de ses grosses bottes, de ses vieilles PF Flyers ou autres qu'il portait ce jour-là la surface de cette matière visqueuse pour en éprouver la solidité. Il s'avança. Il fit cinq ou six mètres. Je n'avais jamais vu personne s'aventurer au-delà sur cette espèce de croûte. Nous étions sûrs qu'un peu plus loin la couche faisait au moins quinze mètres de profondeur. Le train de marchandises arrivait derrière nous, les rails vibraient et fléchissaient, lorsque, parvenu où il voulait, Sam se retourna lentement et remua les lèvres, disant quelque chose, je ne saurais jamais quoi ; ses lèvres, en tout cas, bougèrent un bon moment, l'équivalent de cinq phrases, peut-être, et, pour ce que j'en savais, il aurait pu réciter le « Gettysburg Address » de Lincoln que nous avions tous dû apprendre par cœur en classe cette année-là. Epuisé, pathétique, dans son mince vêtement de mauvaise qualité, fouetté par le vent qui forcissait, Sam, un gosse qui ne possédait qu'un malheureux jouet, debout dans la boue, parlait :

Il y a quatre-vingt et sept ans, nos pères ont donné naissance sur ce continent à une nation nouvelle, conçue dans un esprit de liberté et fondée sur le principe de l'égalité de tous les citoyens...

Jusqu'à ce que la surface cède et qu'il s'enfonce à hauteur des genoux – tandis que derrière moi le train ralentissait assez pour qu'on entende le cri de Sam au milieu du fracas des wagons – dans ce mélange de dioxine, de pâte à papier, de solvants et de composés chimiques impossibles à traiter. Tel le Christ voulant marcher sur l'eau et n'y réussissant pas, il revint vers moi en pataugeant, ses pauvres jambes maigres crevant l'épais magma qui raidissait son jean. Lorsqu'il finit par s'en extirper, il lui manquait une chaussure (ou une botte).

Pendant qu'on retraversait la voie ferrée, puis la route, il gratta la saloperie collée à son pantalon à l'aide d'un bâton et me fit jurer de ne jamais raconter à personne ce qui lui était arrivé.

Tu le diras pas, hein ? répétait-il sans arrêt.

Non, je te le jure. Sur une pile de bibles. Sur la tête de ma mère. Je ne le dirai à personne. Ça restera entre nous.

De fait, je le raconterais à tout le monde. C'était une trop bonne histoire pour que je la garde pour moi. Je transformerais le monde grâce à l'image de Sam, le pauvre minable, s'enfonçant dans cette boue jusqu'aux genoux. Sauf que dans ma version, ce serait jusqu'à la taille, ou que je le ferais même nager dedans.

Amy m'a appelé : Means, et je me suis retourné. Elle m'adressait de grands signes depuis l'autre bout du parking.

On a retrouvé Rondo, me dit-elle, passant un doigt dans la ceinture de son jean pour réajuster l'élastique de son slip qui la serrait ; j'ai tâché de regarder ailleurs. Attendant de savoir si Rondo était mort ou vivant, j'ai évoqué l'image de Sam en classe de musique après que j'avais plaqué la paume de ma main sur le pavillon de son cornet ; il avait le regard étonné de celui qui vient d'être blessé, juste avant que la douleur n'afflue en bloc, un regard, j'aime aujourd'hui à le penser, qui annonçait la grâce rédemptrice. En heurtant le bord de l'embouchure il se cassa deux dents de devant, si violent était le choc transmis depuis l'évasement du pavillon à travers le tube jusqu'à l'embouchure métallique 7C ; lorsque j'avais plaqué la paume sur le pavillon, connaissant les lois de la physique, je n'ignorais rien des conséquences que mon geste allait entraîner. Je ne peux pas le nier ainsi que je l'avais fait alors. A l'époque, je ne savais pas d'où me venait ma rage, mais ce n'est plus le cas aujourd'hui. La leçon à tirer de mes actes est claire : j'étais coupable de nombreux péchés à l'égard de ce gamin qui, dans l'orchestre, en sixième, portait déjà les cheveux longs et des blousons de cuir volés. Je me plais à croire que c'est poussé par la honte que j'ai fait cela ; j'avais parlé à tout le monde de sa maison, de son père et de sa mésaventure sur le cratère de magma figé (après que, comme le Christ, il avait marché dessus durant cinq bonnes secondes).

Il n'a rien, dit-elle. Il était tellement soûl qu'il ne savait plus où il était, et il a fini par atterrir au camping où il s'est endormi à côté de la fosse septique.

Elle a posé la main sur ma cuisse comme pour vérifier que je tenais bien en équilibre sur la barrière.

Les grandes vagues de sable soulevées par d'autres vagues de sable venues se briser contre elles ; les jours et les nuits éternels des courants du lac Michigan et le pilonnage incessant des grands vents qui semaient graines après graines ; les fronts froids en provenance du Wisconsin qui, titubant comme des brutes prises de boisson, buvaient l'humidité s'élevant de l'immense nappe d'eau, puis déferlaient sur la côte pour faire naître quelque chose du néant. Que pensaient les Indiens Ottawas quand ils traversaient ce paysage lunaire en adressant leurs prières à leur bien-aimé Sleeping Bear étendu sur cette terre d'un autre monde, blotti contre le lac ? Ici, toutes les plages étaient petit à petit emportées par les courants ; aux informations, les maisons s'effondraient au ralenti, des équipes de bulldozers jaune vif s'efforçaient de lutter contre le destin pendant que nous fumions une cigarette et buvions une dernière bière, installés dans une petite alcôve au milieu des hautes herbes, riant de notre peur, de l'idée qu'on ait pu croire que Rondo, tout en muscles et bras de hockeyeur, était mort.

La journée s'annonçait fraîche, presque automnale. Le front froid arrivait par les nuages d'orage qui barraient tout l'horizon. Une fois encore, dans le firmament battu par les vents, Sam m'est apparu : ce jour-là chez lui, nous deux seuls dans cette chambre imprégnée de la légère odeur pelucheuse dégagée par la chaleur du fourneau (Qu'est-ce qu'on fait ? Ch'ais pas) ; l'affaire du cornet. Et, bien sûr, sa mort – surtout sa mort – qui avait surpris tout le lycée. Sa mort bras d'honneur allez vous faire foutre. Il était devenu un être marginal, pris dans les violentes turbulences de la misère qui, prétendions-nous, n'existait pas ; à la fois là et pas là, fantôme vaincu d'un garçon qui ne venait pratiquement plus en cours, mais qui traînait dans le coin, ni renvoyé ni en prison. On disait qu'il avait depuis longtemps quitté la maison de Burdick et s'était mis à la colle avec une femme et son bébé.

Mon élégie a commencé à cet instant, alors que je tirais une taffe et que je soufflais la fumée de ma clope dans le vent pendant que Rondo et Amy s'ébattaient derrière une touffe d'herbe et que Ricky faisait des sprints sur la plage pour rétablir la circulation du sang dans son crâne ratatiné. Je voulais me lever pour aller me promener seul le long du rivage et les laisser finir ce qu'ils avaient entrepris. Après, je me mettrais au volant de la voiture et on rentrerait ; assis sur la banquette arrière, ils rigoleraient, et on tournerait notre peur en une immense plaisanterie qui ne connaîtrait jamais de fin et nous poursuivrait le restant de nos jours ; mais durant le trajet, je ne cesserais de réfléchir à ces derniers instants de vie tellement fragiles, me disant que si, quand il était sorti du cratère, je l'avais félicité, je lui avais donné ma chemise pour qu'il essuie ses jambes de pantalon maculées de boue, les choses auraient peut-être été différentes. J'aurais changé le monde ; j'aurais changé tout.

Hé, tête de con. Rondo était arrivé derrière moi et m'enfonçait son index dans le dos. Il voulait que je me retourne, que je lui attrape les chevilles et le fasse tomber. J'étais assis au bord de l'eau. Les vagues, près de deux mètres de haut, léchaient la pointe de mes All Stars.

Ta gueule, connard.

Hé.

Tu te rappelles ce gosse, ce Sam je-ne-sais-quoi, tu sais, celui qui est mort quelque part ici sous une dune qui a glissé ?

Non. Rondo a soupiré. C'était un non définitif, un non terminal, un non fin de conversation. Il a prononcé ce non, puis a écarté la longue mèche de cheveux de lin qui pendait devant ses yeux ; c'était le non sans avenir du bateau de Christophe Colomb qui basculerait au bout de l'horizon.

Le choc de l'embouchure contre ses deux dents de devant, ses canines ou je ne sais quoi, endommagea la dentine, la gencive et les nerfs au point que l'émail devint gris et que, un mois plus tard, toutes les deux tombèrent. C'était un accident, dis-je à Mr. Tear, notre professeur de musique. Sam lui-même fut jugé responsable.

Voyez-vous, c'est arrivé ainsi : il disparut, comme Rondo ce matin-là, sinon qu'il quitta réellement cette terre – envolé, déployant ses ailes d'ange au-dessus du grand lac vers le Wisconsin. Il était avec des copains (cela, je le sais), quatre autres gamins pauvres de notre ville, à fumer de l'herbe, à déconner, à faire ce qu'ils faisaient ; il était avec eux, puis il était parti seul (c'est du moins ce qu'ils ont dit) et avait disparu pendant une semaine. Cela, nous ne l'avons pas su. Si l'un d'entre nous disparaissait, on en parlerait dans les journaux, mais quand un type comme Sam disparaît quelque temps de la surface du globe, personne n'y prête attention. (Peut-être qu'il était allé en stop à Chicago écouter le Grateful Dead. Peut-être que son vieux l'avait emmené pêcher au nord de la péninsule.)

On finit néanmoins par s'apercevoir de son absence et on entreprit des recherches. Des hommes munis de longues perches, répartis en plusieurs équipes, sondèrent les dunes, délimitant à l'aide de piquets et de rubans la zone que chacune d'elles devait explorer. Ils attendaient de rencontrer la souplesse de la chair, l'élasticité d'un cadavre. Il fallut une semaine. Il y avait un vaste territoire à couvrir.

Voici comment je l'imagine, et j'aime à penser que cela va au-delà de mon élégie. Que cela s'est vraiment passé ainsi.

C'était un type du nom de Mel, un type qui travaillait pour le département des ressources naturelles, un type mafflu aux paupières tombantes, une clope toujours collée au coin des lèvres, un type au regard triste qui habitait l'une des caravanes fournies par l'Etat non loin du camping de Sleeping Bear, un homme heureux d'être seul au milieu du sable et du vent qui balayait sans cesse les dunes. Il revérifiait un carré de terrain. Il avait son idée quant à l'endroit où se trouvait le corps. *Ranger* depuis des années et des années, il avait acquis un sixième sens pour ce qui était des mouvements du sable ; il sentait les dunes près de s'effondrer, les secteurs où les glissements risquaient de se produire. Il fit quelques pas, puis leva les yeux avant de sonder le sable. Quatre mouettes se détachaient dans le ciel sombre de fin d'après-midi. Il prit une profonde inspiration, dit une prière silencieuse, enfonça la perche de quelques centimètres dans le sable, perçut une légère résistance, et sut aussitôt que le destin avait décidé qu'il lui revenait de découvrir le cadavre du garçon, sut qu'il allait maintenant se tenir à l'écart pendant que les autres – médecins légistes et spécialistes – viendraient finir le travail avec leurs pelles qui feraient de petits chuintements pareils à des soupirs tandis que lui, il fumerait une cigarette et regarderait d'autres mouettes venues se nourrir des poissons tués par les rejets d'eau chaude de la centrale située à quelque cent cinquante kilomètres au sud. Il terminerait sa clope, dirait au revoir à Mike, son boss, et s'éloignerait à pas lents le long du sentier sinueux qui menait à l'autre bout du parc naturel. (Il aurait pu prendre sa voiture, mais il préférait marcher seul.) En chemin, il penserait à son propre fils qui habitait Paw Paw avec sa femme, et pour qui il s'inquiétait autant, il en était sûr, qu'un père, quelque part, s'était inquiété pour l'âme de ce malheureux garçon. Il s'arrêterait un instant en entendant un bruit dans les broussailles, une sterne, un moineau ou peut-être des gosses en train de se peloter, et il réciterait une sorte de prière pour le mort, s'inclinerait à sa manière devant la nature qui avait créé une force capable de produire cette immense colline de sable le long de ce lac en forme de moufle et, de quelque façon, conspiré pour tuer un gamin qui ne se serait sans doute jamais attendu à mourir enseveli sous le sable. Ce que ce moment a de fantastique, il me semble, c'est que Sam a reçu là plus d'amour qu'il n'en avait reçu de toute sa vie : cet amour du père pour le fils dont nous avons tous besoin, un amour plus grand que celui que son horrible bonhomme de père, que moi ou quiconque sur cette terre lui avaient donné.

Tout cela, je dois l'imaginer et m'en tenir là pendant que Rondo, revenu parmi les dunes, crie mon nom dans le vent, me traite d'enfoiré et me dit de me magner le cul parce qu'il faut démonter la tente, tout remballer et rentrer afin qu'il arrive à temps pour le coup d'envoi du match contre Notre Dame. Il n'arrête pas de hurler, la moitié des mots emportée par le vent et le bruit des vagues, et je reste assis à songer que je vais devoir revenir ici seul, me retaper les quatre heures de route après les avoir déposés et retrouver cet endroit afin de communier avec Sam, me débrouiller pour lui dire que je regrette. Oui, je reviendrai, je m'assiérai de nouveau ici pour réfléchir à tout cela ; le moment où je me suis tenu sur le seuil de sa chambre – non pas tel que je suis aujourd'hui, non pas un gamin aux émotions sincères, mais quelqu'un d'abasourdi par la tristesse de cette chambre avec la station spatiale Matt Mason au milieu, le petit matelas par terre dans un coin, le bout de carton en guise de carreau à la fenêtre, sur lequel venait s'imprimer l'haleine du vent d'hiver glacial qui soufflait ce jour-là dans ce quartier de la ville.

De retour ici, je prononcerai l'élégie de ses deux dents de devant que, bien entendu, il n'a jamais pu se faire remplacer. Il est mort sans elles, englouti par la terre un après-midi d'été pendant que ses copains dévalaient la grande dune en faisant des bonds comme les astronautes sur la lune, les bras tendus vers le ciel, débarrassés pour quelques secondes de la pesanteur entre chaque bond – défoncés aux amphétamines, à l'acide et à la solitude, alors que la fumée des cigarettes qu'ils avaient à la bouche traçait dans le ciel bleu des zigzags furieux.

La réaction

Vers la fin de l'après-midi, Sloan crut faire une réaction allergique, une anaphylaxie, en termes médicaux, une réaction violente et instantanée – encore qu'elle puisse se déclencher seulement au bout d'une vingtaine de minutes – des défenses de l'organisme devant un allergène ; une attaque tous azimuts, ainsi la décrivait-il en pensée, une accélération brutale des fonctions corporelles qui provoquait de graves constrictions musculaires – y compris, bien entendu, des muscles de la gorge. Il avait lu des articles à ce sujet dans diverses revues. En vérité, ce dont il souffrait, c'était d'aphtes à la gorge, une réaction à un analgésique qu'il prenait, un des effets secondaires classiques. Rien à voir. Un truc banal. Une bricole. Il suffisait de diminuer la dose ou de changer pour de l'Advil. Il ne lui fallut que quelques secondes pour établir le diagnostic correct.

Le crépuscule teintait de rouge sang les arbres de son jardin. Dans le verger, au-delà du mur en pierres, un chien aboyait, dont les aboiements se noyaient dans le silence parce que la route qui passait au milieu des arbres – normalement très fréquentée à cette heure – était fermée à la circulation. Son voisin, Congers, déménageait sa maison ; la vieille monstruosité occupait toute la chaussée, effleurant la cime des arbres, remorquée par un camion qui roulait à six kilomètres à l'heure ainsi qu'on l'écrivit dans le journal du lendemain, mais Sloan aurait plutôt dit trois ou quatre, car plus de deux heures furent nécessaires pour transporter la maison au nouveau lotissement situé à un peu moins de dix kilomètres de là. (Une photo dans le journal la montrait au milieu de la route et, en dessous, un article présentait ce déménagement comme un fait de gloire, une tentative pour sauvegarder le passé, alors qu'il s'agissait en réalité d'une pure opération financière.) Congers vendait près de quarante hectares de terre à vergers donnée à ses ancêtres par George III, de même que six cents arbres fruitiers, dont une partie cultivés en terrasses, un bâtiment de ferme délabré, plusieurs dépendances, une presse à cidre manuelle qui avait servi pendant plus d'un siècle, le tout bénéficiant d'une vue sur la vallée et sur le fleuve, destiné à être divisé en parcelles pour y construire des résidences de luxe pour personnes âgées. Le verger jouxtait les côtés sud et est du terrain de deux hectares et demi de Sloan, acquis grâce à des années de trajet de cent soixante kilomètres aller-retour entre ici et l'hôpital. Maintenant, il avait un petit cabinet juste en haut de la route, une clientèle d'environ deux cents patients, ce qui lui permettait à peine de gagner sa vie compte tenu des grosses primes d'assurance, et l'obligeait même parfois à piocher plusieurs mois d'affilée dans son fonds de retraite.

En cet instant de panique, assis dans un fauteuil en cuir, face à un panorama d'arbres morts qui tombaient les uns sur les autres au petit bonheur, qui s'enchevêtraient, il pensa à Congers qui, venu la veille se faire examiner, bilan et tout le tralala (pour être certain de pouvoir supporter le stress du déménagement), s'était tenu là – comme des milliers d'autres avant lui –, le corps usé, la poitrine flasque, le cou ridé et la peau qui pendait ; sans parler des taches de vieillesse sur ses bras et ses mains.

Vous vous portez comme un charme, avait-il dit à Congers. Vous n'avez aucune inquiétude à avoir. Pour un homme de quatre-vingt-dix ans, vous êtes en pleine forme. Sauf peut-être, je dis bien, peut-être, il n'y a rien de sûr, mais je vois quelques symptômes, d'après ce que vous m'avez dit, indiquant que vous pourriez avoir un petit problème de calcul biliaire. Comme vous m'avez précisé que vous aviez des difficultés à digérer le poisson...

Sloan ne parvenait pas bien à séparer l'instant où il avait senti les aphtes dans sa gorge de celui où il avait pris conscience du silence qui planait sur la route.

C'était un moment profond, dit-il ce soir-là à Jenny au cours du dîner, installés au restaurant à une table dehors.

Et pourquoi ?

Eh bien, parce que je pensais à Congers, ou du moins, je croyais que je pensais à lui, on déménageait sa maison et en même temps j'avais cette sensation dans la gorge et, je dois le reconnaître, je commençais à paniquer, à me demander si les pistaches que j'avais mangées – une de ces pistaches violettes – n'avaient pas provoqué une réaction.

On déménageait la maison ?

Oui, oui. La vue allait être gâchée. Et notre propriété perdre de sa valeur.

C'est peut-être cela qui a déclenché la pensée du check-up de Congers.

Tu vois, c'est le fait que je lui ai parlé d'un calcul, tu comprends. Ce n'est probablement rien. Ce n'est pas parce qu'il ne digère pas les graisses. C'est le cas de tout le monde, non ? Il était au Cap et il a mangé, tu sais, une de ces fritures de poisson – servie dans une assiette en carton à carreaux rouges et blancs – et il s'est senti bizarre selon ses propres termes ; c'est tout à fait caractéristique, rien de précis. Je ne compte pas les fois où j'ai entendu des gens se plaindre, mais quand tu leur demandes en quoi ils se sentent bizarres, ils sont incapables de préciser. C'est juste qu'ils se sentent bizarres. Je me sens bizarre. Juste bizarre. On se sent tous bizarres, j'ai envie de leur répondre. On se sent tous vraiment, vraiment bizarres.

Alors, tu lui as dit ? Et après ? Elle rectifia sa coiffure, derrière. Coupe récente. Encore brune mais un peu de gris par-ci, par-là.

Ouais, mais tu sais, normalement, je ne lui aurais pas dit, à quoi bon. Il faut pratiquer des analyses, et avec quelqu'un de son âge, d'habitude je laisse tomber, sauf s'il y a des symptômes autres que le problème de digestion des graisses et cetera... mais là, je vais droit au but et je lui dis : Asseyez-vous, Frank, installez-vous un moment et on va regarder ça. Vous voulez un verre d'eau ? Je lui donne un peu d'eau du robinet et je lui dis de ne pas s'inquiéter, mais il a l'air, tu sais, Jenny, je dois avouer qu'il avait l'air inquiet, parce que ce vieux-là, ce vieux dur à cuire, c'est un inquiet pour tout ce qui touche à sa santé. (C'est sans doute pourquoi il a tenu si longtemps. Vivre seul dans cette monstruosité.) Donc, je lui dis : Frank, je me fais un peu de souci à propos de ce dîner de poisson – c'est un symptôme qui pourrait laisser présager un problème de calcul et je ne sais quoi d'autre. Je vérifie ses réflexes, je lui demande de s'allonger sur la table d'examen et je l'ausculte, je le tâte partout, sans raison particulière, tu comprends, sinon pour, je ne sais pas, pour l'amener à penser...

Jenny leva son verre et l'agita. Au fait, au fait, dit-elle.

Eh bien, le fait est que je me demande si je ne lui ai pas dit cela, tu vois, juste pour l'embêter, pour le déstabiliser.

Il porta la main à sa cravate, un gros nœud, à rayures blanches et rouges.

Peut-être pour l'empêcher de déménager tout de suite cette maison, pour qu'on puisse contacter les avocats de... de quoi déjà ? Sauvons la Terre ? Protégeons la Nature ? Tu sais, ces types qui achètent des terrains pour les laisser à l'état naturel, prairies, forêts ou marais. Pour gagner quelques jours. Parce que, à cause du plan d'occupation des sols ou je ne sais quoi, le bassin du fleuve et tout ça, on aurait pu faire établir un ordre à surseoir. Il aurait été encore là. Et la présence de la maison aurait peut-être influencé le juge, tu comprends. La procédure aurait été enclenchée et il aurait peut-être différé le déménagement. Le juge Janson, c'est bien ça ? Janson appartient à une vieille famille, crois-moi, dont les ancêtres remontent jusqu'au roi George en personne. Il est venu me voir pour un bilan. Ce type connaît tout le monde dans le comté. Il m'a dit : Je sais que nous n'avons pas les mêmes opinions politiques, mais pour ce qui est de ma santé, j'ai confiance en vous comme si vous étiez de notre bord.

Une moto se gare le long du trottoir. Ils sont deux qui en descendent, en blousons de cuir.

C'est Janet ? interroge-t-elle d'une voix entrecoupée. Ce ne peut pas être elle, si ?

Ils regardent la fille ôter son casque, bleu ciel, moucheté, muni d'une visière très foncée qui lui dissimule le visage, le soulever doucement, secouer une cascade de boucles brunes qui retombent sur ses épaules. Comment a-t-elle pu loger une telle masse de cheveux sous le casque, se demandent-ils tous deux. Et puis ils se disent : Ce n'est pas notre Janet chérie, notre fille, qui est quelque part perdue au milieu des éléments, de la sauvagerie générale, pas trop sauvage, elle, mais toujours sur la route, toujours d'un endroit à l'autre. Notre Janet.

Sloan but une longue gorgée, suivie d'une deuxième, puis d'une petite, et décida qu'il était inutile de s'étendre sur le sujet. Non pas qu'il voulût protéger sa femme de la vérité ; simplement conserver un équilibre entre ce qu'il avait à l'esprit et ce qu'il disait. Il ne lui dit pas ceci : que cet après-midi, il y avait eu un court instant entre le moment où il avait senti sa gorge commencer de se serrer et celui où il avait fait le diagnostic correct (des aphtes résultant sans doute des analgésiques qu'il prenait pour ses articulations) ; que, durant cette fraction de seconde, il avait paniqué (regardé au travers des arbres qui tombaient de tous côtés) et qu'un vide s'était ouvert, un large espace qui formait une crevasse, laquelle, au fil des ans, deviendrait un immense abîme : la perte de son aptitude à établir sur-le-champ le bon diagnostic, l'équilibre délicat entre avis professionnel et symptômes visibles. Au cœur de cette panique, il y avait ce qu'on pouvait seulement appeler (croyait-il, cependant qu'il buvait sa vodka) le premier signe du déclin de ses facultés. La vie s'enfuyait sous lui. Le soir descendait. La serveuse débarrassa les assiettes et leur énuméra les desserts : choux à la crème, mousse au chocolat, gâteau glacé. Cela resta non dit. La peur d'arriver à la fin de sa longue carrière ; le profond sentiment de perte qu'il avait éprouvé au moment où il avait senti sa gorge se contracter. Sa confusion totale.

Le silence, entre eux, renfermait ce problème-là, et puis la maison de Congers qu'on déplaçait, le terrain qui allait être vendu et Janet. Elle était là, présente dans leurs pensées, mais ils n'en parlaient pas. La rosée tombait. Les verres d'eau glacée s'embuaient. Sloan, du bout du doigt, traça un S sur le sien et regarda la rue. Les falaises de l'Hudson pesaient sur l'arrière du restaurant. Le fleuve, en contrebas, de l'autre côté de la rue, coulait avec la majesté des courants apportés par la marée.

Janet, commença-t-il dans un murmure.

Non, dit-elle. Pas cela. Pas maintenant. S'il te plaît.

La mention de son nom lui évoqua l'image de sa fille debout au coin de la 4e Rue et de Bowery, le ciel comme un badigeon de violet au-dessus d'eux, Janet pâle et délicate, les épaules frêles, les cheveux longs que le vent semblait perpétuellement emmêler, châtain foncé qui tranchaient, presque noirs, sur la pâleur de son visage. Il se rappela aussi ses oreilles, pareilles à de jolis petits coquillages, et ses cheveux qui, lorsqu'elle était enfant, se déployaient sous l'effet de l'électricité statique quand elle les brossait sur toute leur longueur, veillant à ne pas appuyer trop fort, son petit corps anguleux accompagnant chacun des mouvements de son bras, et puis ses hanches sans taille, effacées, cependant qu'elle se tenait toute droite.

Il leva deux doigts pour demander une deuxième vodka, celle-là avec une goutte de tonic.

Un autre homme vint le consulter cet après-midi-là pour un mal de ventre que Sloan – enfonçant son index à l'endroit adéquat – mit aussitôt sur le compte d'une graine coincée dans le diverticule, une graine de sésame ou de pavot qui, descendue dans l'intestin, se serait logée dans l'une de ces petites cavités (il avait longuement questionné l'homme sur ses habitudes alimentaires sans toutefois trouver trace de graines quelconques, hormis, peut-être, un petit pain qu'il aurait mangé – il n'en était pas sûr – deux jours auparavant dans un déli près de la 42e Rue et qui était peut-être ou peut-être pas au pavot) ; la douleur n'était pas très aiguë, mais plutôt sourde, bien que parfois lancinante, difficile à définir… il lui avait dit d'attendre un jour ou deux, et si la douleur n'avait pas disparu, on irait voir de plus près – posant la main sur l'épaule du patient tout en lui parlant. Sloan n'était pas un médecin démonstratif, mais il estimait nécessaire d'établir au moins un contact physique par consultation afin de montrer qu'il se préoccupait du bien-être et de la santé de chacun de ses patients, distribuant une poignée de main qui s'attardait un peu, ou même une petite tape sur le genou quand la situation l'exigeait, ou encore posant une main sur l'épaule (comme avec ce malade) ; les plus anciens, les plus proches, ceux qui venaient depuis longtemps et entretenaient avec lui une relation forgée sur les mauvaises grippes, les membres cassés et les cancers traités et guéris, les fissures rectales, les grosseurs au scrotum, les dos tordus, les infections de la mâchoire gagnant la cavité cérébrale, les fractures de fatigue et les ligaments déchirés à vouloir trop en faire – ceux-là, il les serrait souvent dans ses bras en prenant congé d'eux, ou parfois même et en les accueillant et en prenant congé d'eux ; et ses amis intimes, hommes et femmes, songea-t-il au café, buvant une deuxième petite gorgée de vodka (à peine une goutte de tonic dans celle-là), il les embrassait, sur les lèvres ou sur la joue, ou bien sur les deux. Quant à sa fille, la dernière fois qu'ils avaient dîné ensemble, il lui avait serré la main, tapoté l'épaule, donné un baiser sur la joue, puis sur le front tout en la prenant dans ses bras ; ensuite, les larmes aux yeux, il l'avait de nouveau embrassée sur le front, juste au milieu, là où il avait coutume de l'embrasser lorsqu'elle était petite (etc.), après quoi il l'avait embrassée sur les lèvres, un vrai baiser, une pression ferme l'espace de quelques secondes, avant d'y aller de ses conseils, de ses recommandations, de lui dire son espoir qu'elle trouvera dans le monde un endroit qui lui convienne, et puis qu'en cas de besoin elle n'hésite pas à faire appel à lui.

Tu sais, je suppose qu'il ne sert à rien de l'éviter, disait-elle à propos du mot, du nom même de Janet. Il y avait eu un silence incommensurable après que la serveuse avait apporté la vodka. Un silence entre les gorgées. La fille au casque de moto était revenue, qui soulevait ses cheveux des deux mains, les coudes écartés ; son petit ami, ou ami tout court, debout à côté d'elle, vêtu d'un long manteau de cuir noir, l'aidait ; il avait deux élastiques autour des poignets et il saisit la crinière de la fille, prit l'un des élastiques, le mit en double, glissa les cheveux dedans, puis le doubla de nouveau pour bien les maintenir ; cela fait, il divisa la queue-de-cheval en deux et renouvela l'opération (pendant que ses mains à elle, se mêlant aux siennes, rectifiaient, s'agitaient), jusqu'à ce que tout soit en ordre, puis il descendit doucement le casque sur sa tête – le tenant des deux mains – tout en procédant aux derniers ajustements. Elle leva un pied, comme pour une arabesque (de nombreuses ballerines habitaient les falaises, des maisons dont les larges fenêtres offraient une vue sur l'Hudson, les lumières de Westchester et, à certains endroits, sur la grande ville elle-même). Casquée, le visage ainsi encadré, divin et pur à la lueur des bougies éclairant les tables, la fille se tourna et embrassa l'homme qui lui prit alors le menton entre ses paumes et la serra un instant contre lui. Puis il enfourcha la moto, dégagea la béquille du pied, libérant ainsi la masse instable de métal en dessous de lui, dont il contribua à assurer l'équilibre en pesant sur le guidon. Il donna un coup de talon sur le kick. Le moteur rugit (rugit vraiment, un vrai rugissement de moteur en échappement libre à crever les tympans), la fille monta, releva les jambes et, souplement en dépit du bruit, presque comme en silence, ils foncèrent sur la route et disparurent, perdus pour toujours, tous les deux, et, vous pouvez en être certains, ni Sloan ni sa femme ne les reverraient jamais, eux qui tournaient le dos à la scène et qui parlaient encore de Janet (ce qui pourrait ou ne pourrait pas lui arriver), qui affirmaient avec emphase qu'ils ne devaient pas, absolument pas, faire abstraction de leur peine ; il faut regarder les choses en face, disait-elle d'une voix trahissant une légère ivresse, il était très important que lui, Sloan, ait le courage d'admettre que sa fille était peut-être une droguée (comme s'il ne l'avait pas fait !), et aussi d'aller trouver Congers pour lui dire ses quatre vérités, calcul biliaire ou pas. Tandis que pendant ce temps-là – n'écoutant que d'une oreille – il gardait les yeux rivés sur le bas de la rue, sur l'endroit où le feu rouge de la moto s'était enfoncé dans la nuit.

Pour rentrer, ils empruntèrent la petite route qui longeait la propriété de Congers, une route curieusement destinée à rester à deux voies, car les gens qui vivaient là étaient de ceux qui respectaient la notion même de route à deux voies, quoique celle-ci eût été récemment jugée responsable de la mort de quatre adolescents. (Sloan travaillait le soir en question, il faisait ses visites, quand les urgences avaient été mises en état d'alerte et qu'on avait amené le garçon – le plus jeune de la bande – avec un bras en moins et la moitié du visage arraché, encore vivant, saisi de convulsions.) Sur le chemin du retour, ses hygromas du genou rendaient la moindre pression sur l'accélérateur presque intolérable. C'est peut-être ça, se disait-il. Peut-être que le problème avec la douleur, c'est qu'elle nous fait prendre conscience des plus infimes nuances de mouvement ; le simple poids des orteils sur l'accélérateur de la Volvo enveloppé de caoutchouc, un geste qu'on a accompli toute sa vie sans réfléchir devient soudain incroyablement réel et complexe ; oui, c'était peut-être ça. Peut-être que Janet elle-même, sensible comme elle l'était, percevait tout cela et ne pouvait pas le supporter. Il caressa cette idée, tandis qu'il roulait sur la route sinueuse, passait devant le lieu de l'accident (un X tracé à la craie sur le tronc de l'arbre qui, tout en ayant survécu aux adolescents, au choc et aux rigueurs de nombreux hivers, serait abattu), un petit bouquet de boutons d'or et une croix (bien que deux des morts aient été juifs). Il caressa l'idée qu'il existait des gens capables de sentir des choses comme un pied appuyant sur l'accélérateur d'une voiture. Il caressa l'idée de peur, de panique et de douleur qui se combinaient comme l'après-midi où il avait senti sa gorge se contracter. Il caressa l'idée que Janet était peut-être d'une sensibilité exceptionnelle, pareille aux énormes espaces concaves dégagés au cœur des forêts pluviales et équipés d'un tas de fils qui captaient les ondes radio les plus faibles en provenance des noirs confins de l'univers. Il caressa l'idée qu'il avait peut-être eu raison d'effrayer Congers avec le calcul, de lui dire la vérité. Et il caressa l'idée que dorénavant, il serait peut-être préférable de ne pas prendre de gants avec ses malades et de leur annoncer carrément la nature de leur mal. Il s'accrocha à l'idée que la souffrance était le centre du monde, le point autour duquel il gravitait. Il s'accrocha à l'idée qu'il ne pouvait rien pour Janet, sa fille adorée. Janet qui se jetait dans le monde tête la première sans se préoccuper des effets qu'elle produisait sur lui. Ils arrivaient devant l'endroit désert où se tenait encore le matin même la maison de Congers, devenu un monolithe de ténèbres plus noires que les ténèbres de la terre – un noir rectangle de néant –, les enchevêtrements d'arbres et les vergers en terrasses éclairés par les étoiles qui, dans quelques mois, feraient place aux amas compacts de maisons, de bureaux, empilés les uns sur les autres, peints de cet étrange bleu-gris sans éclat. Il s'accrochait à ces idées, tandis qu'il s'engageait dans l'allée, déclenchait l'ouverture automatique de la porte du garage en sous-sol et entrait au milieu de l'odeur du Fréon s'élevant du congélateur (où ils stockaient de la viande pour toute l'année, veau et poulet dans des sacs sous vide), de l'odeur d'huile et d'essence venant de la tondeuse à gazon, et de l'odeur de caoutchouc des pneus de voitures et de vélos. Puis, dans le silence déconcertant de la porte montée sur joints de caoutchouc qui se refermait, il se tourna vers sa femme épousée quarante ans plus tôt, glissa la main sous sa taille épaisse et serra pour la faire taire (car elle avait parlé durant tout le trajet de Drew, le petit ami actuel de Janet, qui avait un tatouage sur le bras et pilotait des planeurs à Cancun). Il approcha ses lèvres des siennes. Les contractions de sa gorge recommençaient, celles du muscle qui permettait aux aliments de descendre, qui permettait d'exécuter un acte aussi simple que celui d'avaler. Pour se débarrasser de cette sensation, il embrassait sa femme. La nuit était silencieuse. Il y avait, comme on pouvait s'y attendre, des larmes de frustration. De tendres murmures d'amour. Sa main à lui dans son dos à elle. Et, quelques minutes plus tard, la lumière automatique de la porte s'éteignait, les plongeant dans de bienheureuses ténèbres.

La prise

Le métal jouait et chantait sous lui, accompagné du claquement monotone provoqué par les interstices entre les rails ; c'était les attelages qui s'entrechoquaient, quelque chose de ce genre. Jim n'y connaissait rien, au contraire de certains, ceux qui avaient travaillé sur la voie ; lui, il se contentait de se cramponner ainsi depuis la gare de triage d'Albuquerque où il avait grimpé entre deux wagons et où, avant d'avoir pu sauter, il s'était retrouvé coincé cependant que le train fonçait, que le soir tombait le long du Rio Grande, que le soleil désertant le paysage nu l'abandonnait là, accroché de son mieux. Il faisait très froid. La chaleur emmagasinée dans l'air translucide s'était évaporée et il frissonnait dans sa chemise de coton en loques mangée aux mites. (Il avait quitté l'Ohio dans cette même maudite chemise.) Il connaissait des histoires d'hommes placés dans des situations semblables, des hommes qui étaient tombés en voulant sauter d'un train de marchandises roulant pourtant lentement ; des histoires extravagantes d'hommes qui avaient réussi à tenir une nuit entière dans une position inconfortable, puis toute la journée du lendemain et encore la nuit suivante, jusqu'à ce que leurs tendons se bloquent, que leurs muscles se déchirent, et qui avaient été sauvés par miracle parce qu'ils arrivaient juste à destination ou que le train s'arrêtait sur une voie de garage pour laisser passer un express. Ensuite, l'air de zombis, ils se glissaient entre les tampons et allaient s'allonger dans l'herbe pour hurler vers le ciel. Il avait entendu d'autres versions, aussi. Celles d'hommes qui, après avoir tenu toute une nuit, avaient essayé de grimper sur la plate-forme et étaient tombés, victimes d'une mort horrible. Il avait une bonne prise, et ses pieds reposaient sur un petit morceau de métal qui dépassait, une pièce cassée sans fonction apparente. Ce n'était pas grand-chose. Il devait porter son poids sur le côté de sa botte, de sa voûte plantaire, et quand il n'en pouvait plus, il posait juste le bout des orteils. Le train n'avait pas démarré depuis un quart d'heure que son pied dérapait et qu'il lui fallut compter sur ses seules mains pour se maintenir. C'est à ce moment-là qu'il avait estimé qu'il ferait mieux d'utiliser le côté du pied. Son copain Roy était un peu plus loin, sans doute sur le toit d'un wagon, et peut-être que s'il passait d'un wagon à l'autre et regardait en bas, il verrait dans quelle fâcheuse posture Jim était et trouverait un moyen de le tirer de là, à l'aide de sa ceinture, par exemple (en avait-il seulement une ?), car Roy voyageait ainsi depuis des mois et connaissait toutes les ficelles du métier. Il paraissait détenir la science infuse. Il ruminait longuement ses pensées, ses connaissances et ses histoires du trimard avant de les exprimer.

Comme on traversait un paysage plat et désertique et que les rails s'étendaient à l'infini, parfaitement rectilignes, le mécanicien accéléra, si bien que le train, malgré sa longueur interminable, fonçant droit devant lui, arriverait peut-être à la gare de marchandises de Santa Fe avant l'aube ; il considérait qu'il tiendrait au moins jusque-là, et peut-être même un jour de plus, si nécessaire, parce qu'il savait ce qu'il devait faire pour demeurer en vie. Une de ses tantes adoptives l'avait traité de brute animale et, pendant qu'il vagabondait ainsi, il avait puisé force et vitalité dans cette comparaison. Jour après jour, c'est en vivant comme un animal qu'il avait survécu (il avait confessé tout cela à Roy dans un élan apostolique un soir autour du feu de camp devant quelques bouteilles de mauvais bourbon) ; il pensait qu'avec ses gros doigts endurcis par son dernier travail dans l'Ohio où il charriait des pains de glace toute la journée, ses poignets solides et épais comme le reste de son corps, à l'exception de ses jambes longues et minces plutôt élégantes, il tiendrait le temps qu'il faudrait ; il pensait que tout cela concourrait à l'amener au moins jusqu'à Santa Fe.

La nuit s'abattit sur le train. Les ténèbres les plus pures qu'il eût jamais vues engloutirent les traînées de lumière qui vacillaient au-dessus de lui ainsi que les flocons de hauts nuages colorés d'orange et de magenta. Le noir évoquait une huile épaisse qui s'échappait de dessous le train et s'élevait pour tout envelopper jusqu'à ce que – une heure ou peut-être deux s'étaient écoulées – il ne sache plus très bien depuis quand il était là et combien de temps il lui restait à attendre pour voir le ciel blanchir. Il n'était plus sûr de rien, sinon de la douleur dans sa plante de pied sur le bout de métal et du fait qu'il avait dû relâcher sa prise, plier les doigts et peser davantage encore sur son pied avant de se tourner – au risque de glisser – pour transférer son poids sur l'autre jambe.

Le panorama scintillant du cosmos qui défilait au-dessus du wagon-trémie témoignait du mouvement du train, de l'espace et du temps, mais il ne le voyait pas. Il ne voyait pas les étoiles ; ni les spirales des corps célestes. Il s'accrochait et le temps s'écoulait. Le temps ne passait pas. Ou peut-être passait-il. Il se rappelait l'époque où, dans le jardin de la maison, à Galva dans l'Illinois, il jouait sous les draps du grand lit suspendus à la corde à la linge que le vent gonflait comme des spinnakers, raidis par le soleil, pendant que sa mère – qui chantonnait comme elle le faisait toujours quand elle était occupée à quelque tâche – suspendait le linge ou s'interrompait parfois, lui tournant le dos, pour scruter l'horizon comme si son mari allait apparaître au milieu d'un arc-en-ciel de lumière ; car le père de Jim était de ces représentants de commerce qui prenaient un jour la route et revenaient rarement ; une éraflure faite par le talon de ses chaussures sur le sol de la cuisine, l'odeur du cirage, ses bras épais et disgracieux étaient les seules traces qu'il avait laissées. Cet unique instant dans le jardin où, couché dans l'herbe, il regardait sa mère ou l'écoutait simplement produire un son contre ses dents et ses lèvres ; et puis, le souvenir d'elle qui le serrait dans ses bras à l'étouffer. Cet instant-là se figea avant de se briser quand, cramponné désespérément, il sentit la tension et la douleur noyer ses souvenirs. La peur consumait les souvenirs, comme l'ampoule brûlante d'un projecteur ferait un trou roussi dans une image bloquée. Quelle importance ? De toute façon, c'était le dernier souvenir qu'il avait d'elle, le seul qui lui restait. Elle était morte avant qu'il ait pu réellement la connaître. Ensuite, son enfance avait été brève et brutale, une succession de sinistres portraits, de vagues daguerréotypes de ses tantes – il était passé de maison en maison jusqu'à ce que son corps s'endurcisse et devienne adulte, que la Grande Crise survienne et qu'il parte à la dérive.

La nuit prenait d'immenses proportions ; elle se déversait, s'étirait et s'étirait pour ne plus être qu'un filament chauffé à blanc qui lui brûlait le pied et la paume de la main.

A grandes secousses laborieuses, le train ralentit et s'engagea dans la pente en direction des contreforts – sans toutefois ralentir assez pour qu'il puisse se dépêtrer de sa position inconfortable, tordu de telle sorte qu'il ne pouvait pas trouver de point d'appui suffisant lui permettant de sauter assez loin pour ne pas risquer de tomber sous les roues ou d'être heurté par le wagon ; en tout état de cause, il n'avait plus l'énergie nécessaire pour accomplir pareille acrobatie – du moins le crut-il, pesant ses chances. C'est le ralentissement progressif du train et du rythme du claquement des roues sur les rails qui le tira de son étrange rêverie (sa mère étant, pour autant qu'il le sache, la dernière image concrète à laquelle il ait songé en dehors de sa prise, du bout de métal qui lui occasionnait une douleur infernale dans le pied ; avec, peut-être, la vague pensée qu'il apprécierait en ce moment un petit coup du vin rouge Ripple de Roy). Il ne possédait pas de carte philosophique du monde sur laquelle étudier sa situation. Son intention, sa seule et unique intention était de survivre à cette nuit, de continuer à s'accrocher. Au loin dans l'obscurité, on entendit le sifflet de la locomotive, probablement actionné pour effrayer un coyote sur la voie. Nulle créature craignant Dieu ne se risquerait ainsi dans le désert, même si des châteaux d'eau bordaient la voie à intervalles réguliers. Il se rappela de nouveau les histoires d'hommes qui s'étaient aventurés dans le désert pour ne récolter que les gestes sardoniques du garde-frein et des autres vagabonds assis devant les portes des wagons de marchandises ; il se rappela de nouveau les histoires extravagantes d'hommes comme lui, cramponnés dans des positions invraisemblables des jours et des jours durant. Ces histoires lui avaient toujours paru absurdes et stupides, impossibles à croire pour quiconque avait déjà voyagé ainsi plus d'une heure entre deux wagons. C'étaient néanmoins les meilleures histoires, celles qui retenaient le plus longtemps la foule des vagabonds autour des feux de camp, dont les exclamations ne faisaient qu'ajouter au plaisir de les raconter.

L'un des deux allait céder : la main ou le pied. Si c'était la main – il avait déjà failli lâcher prise en se retournant –, il ne devrait plus compter que sur le minuscule morceau de métal. Et si c'était le pied, il espérait qu'il aurait la force de tenir le temps de retrouver une meilleure position. Le wagon oscillait rythmiquement. Les rails, quoique posés sur un solide ballast blanc, n'étaient pas parfaits. Pendant qu'il était accroché là – une heure, peut-être quatre, mais sans doute pas plus car il n'y avait toujours pas la moindre lueur de jour dans le ciel –, il avait fini par identifier la danse que dansait le train ; la joue appuyée contre la paroi du wagon, il goûtait de ses lèvres le métal, la vieille peinture et la créosote. C'était une valse, un truc à trois temps. La valse ralentit, et il changea de position ; il porta tout son poids sur le bout de métal tandis qu'il s'agrippait de sa main gauche froide et humide de rosée – dans le même mouvement que le balancement du wagon, sembla-t-il – et prenait appui de l'autre pied.

Et de nouveau, loin dans le futur, s'éleva le sifflet plaintif de la locomotive.

Le convoi parut ralentir encore, mais si Jim avait retenu une leçon parmi toutes celles que Roy lui avait apprises, c'est qu'il n'y avait pas de vitesse idéale pour sauter d'un train, sinon l'arrêt total ; et n'importe quel vagabond digne de ce nom savait qu'il n'existait rien de plus difficile que de juger de la vitesse d'un train quand on était sous son emprise ; on pouvait être abusé par plein de choses, et l'une des erreurs fatales consistait à s'imaginer que les claquements s'espaçaient, qu'il s'écoulait de longs intervalles entre chaque, alors qu'en réalité, on avait simplement cessé de les entendre ; cessé d'écouter ; ou bien, c'était que les rails étaient plus longs, ou qu'on s'en foutait et qu'on était prêt à abdiquer.

Il entretenait une relation étroite avec l'indifférence aux choses. Il avait contemplé des heures d'affilée le vide des Grandes Plaines. Allongé sur un tas de charbon, il avait traversé les plaines du Nebraska et laissé tout ce temps son regard absorber le cosmos.

Roy avait une voix bizarre, une voix de péquenaud un peu, mais où perçait un léger accent de feinte dignité, fruit de son passage dans une bonne université de l'Est avant que la chute de Wall Street ne bouleverse sa vie. Certains disaient qu'il avait abandonné derrière lui une maison, deux enfants, et même un petit cocker comme tant de pauvres types jetés sur les routes. D'autres racontaient qu'il avait été naguère un homme d'affaires prospère, un confrère de Rockefeller. Dans une cabane occupée par les vagabonds, quelque part dans les environs de Cleveland, un homme avait chuchoté dans le noir – confiant son secret en murmures rauques entrecoupés de grognements – que Roy avait un jour joué au croquet avec Lindbergh. Comment savoir ? C'était possible, tout était possible en ce monde. Aussi, lorsque la voix de Roy retentit, venant du haut du wagon, elle parut à la fois angélique et cassante ; il aboya ses ordres afin de couvrir le grondement du train. Des ordres lancés d'un ton grandiloquent : Pour sauter, Jim, il suffit que tu fasses preuve de détermination, que tu aies le cran nécessaire, une attitude positive. C'était d'un côté la voix d'un homme parlant de devoir civique et de promotion sociale devant les membres du Rotary Club, et d'un autre celle d'un père dispensant ses conseils.

Se découpant à la lumière des étoiles contre le ciel qui commençait peut-être à blanchir, Roy tendit la main vers lui, esquissant un geste. Donne-moi la main, dit-il d'une voix ferme. C'était simple. Roy le hisserait jusqu'à lui, puis ils fumeraient une clope pour fêter ça, secoueraient la cendre qui projetterait des étincelles dans le sillage du train, et ils se tairaient, laisseraient le silence entourer de mystère le miracle qui lui avait permis de survivre à cette épreuve. Il attendrait avant de demander à Roy s'il avait une idée du temps qu'il avait tenu ainsi avec une prise si précaire ; il savourerait la réponse à venir : putain, deux heures, ou trois, ou même plus. L'information communiquée, ils riraient de bon cœur à la pensée des voies étranges qu'empruntait parfois l'univers, puis ils marcheraient à petits pas tremblés sur le toit de deux ou trois wagons jusqu'à ce qu'ils trouvent un wagon-trémie où se faire un lit parmi les boulets de charbon et piquer un petit roupillon.

Jim eut du mal à se persuader de la réalité, à raisonner de manière rationnelle. La voix qu'il entendait n'était que le bruit du vent déformé par le filtre de la souffrance ; et la main qui l'invitait à lâcher prise, rien d'autre que ses yeux fatigués qui se fermaient à l'espoir. Il avait déjà vu des mirages, des mirages incroyablement réels qui s'étendaient sur les champs de l'Iowa et de l'Utah ; il avait vu un grand lac d'eau fraîche et pure au milieu duquel il y avait un radeau et des filles qui faisaient du ski nautique ; il avait vu d'immenses visages d'Indiens, impassibles, masques de savoir et de sagesse, qui se dressaient au-dessus des ronces et des touffes de sauge. Y croire, d'accord, car on pouvait aussi bien croire aux mirages qu'à n'importe quoi ; mais attendre d'un mirage ce qu'on attend de quelque chose de réel et de tangible, ce n'était que folie ; nombre de vagabonds avaient suivi ce chemin, placé leur foi dans les visions – disparues comme avaient disparu le lac et les hors-bord tirant les skieuses –, et ils en étaient morts. Lui, il avait appris que les meilleures visions étaient celles qu'on regardait tranquillement sans y croire le moins du monde ; le revers de la médaille, c'est qu'il avait vu des choses réelles aussi belles que des mirages dans la mesure où elles lui semblaient inimaginables, inaccessibles. Un jour, sur la côte Est, au cours d'une halte à New York où il vendait des poires dans la rue, il avait pris un train jusqu'à la limite du Bronx, puis un tramway jusqu'à ce qu'il arrive au début d'une avenue bordée de riches demeures enfouies sous les feuillages d'érables et de chênes. Il eut l'impression de se trouver devant les vestiges d'une civilisation si grandiose, si fantastique qu'il s'assit là, sur le trottoir, jambes croisées, et pleura, la figure cachée dans ses mains. Un homme s'approcha, un homme de couleur en ample chemise blanche et salopette bleu foncé, le visage noir comme de la poix, marqué par des années de dur labeur. Il demanda à Jim s'il se sentait mal, puis il lui proposa de venir boire un verre d'eau, le conduisit par une allée latérale qui donnait sur la porte de la cuisine de l'une des propriétés et lui demanda d'attendre un instant, après quoi il revint avec un grand verre aux reflets émeraude dans lequel tintaient de vrais glaçons, et il le laissa boire longuement avant de lui dire de poursuivre sa route parce que les gens comme lui n'étaient pas bien vus dans ce quartier. De retour sur le trottoir, en face de la maison, il s'était interrogé sur la réalité de l'épisode. Etait-il bien allé jusqu'à la porte de la cuisine en compagnie du Noir boire un verre d'eau, ou bien, poussé par la soif, s'était-il simplement introduit sur la scène de son désir ? Assis sur le trottoir, il avait la gorge aussi sèche que lors de ses voyages dans le désert, sans la moindre goutte de salive qui lui permettrait de soulager son œsophage pris dans un étau ou sa langue aussi rugueuse que du papier d'émeri. Et là, dans le train, près de lâcher prise, il avait tout aussi soif. Et il ne rêvait pas. De cela, il était sûr. Il était plus éveillé qu'il ne l'avait jamais été. Il bougea légèrement le pied – à présent si engourdi qu'il avait l'impression qu'il ne lui appartenait plus – et essaya de plier les doigts. Sa main dérapa et, l'espace d'une seconde, tout le poids de son corps reposa sur le petit bout de métal, puis son pied dérapa à son tour et, juste à temps – au moment précis où, loin devant, la locomotive laissait échapper une nouvelle plainte –, il parvint à se rattraper.

Il n'existait que deux fins possibles aux histoires extravagantes qu'on racontait autour des feux de camp assiégés : soit les hommes tombaient et mouraient, soit ils continuaient vaillamment à vivre malgré des forces aussi puissantes et vastes que le ciel, aussi tordues que les arbres de Josué. Et puis merde, jura-t-il, maudissant sa maladresse qui avait failli le précipiter sous les roues. Merde et merde. Il était temps d'abandonner ou d'être abandonné, peu importe. Il était temps que le long oubli sinueux de la nuit, le fracas incessant des attelages en dessous de lui, le désert plongé dans l'obscurité – un composé de genévriers, de poussière et de rosée – imposent leur loi.

Pourtant, il ne lâcha pas prise et ne tenta pas de sauter pour une raison bien simple et qui lui permit de vivre jusqu'à la fin des années 50 où il mourut à Toledo, Ohio, son fils Carter à son chevet qui lui tenait la main, cependant qu'il se souvenait une dernière fois. Au campement près du château d'eau, juste avant de sombrer dans le sommeil le plus profond de sa vie, il se promit de ne jamais oublier, et il demanda à Roy de bien se rappeler ce qu'il allait dire et de le lui répéter à son réveil. Il ne faut pas que j'oublie, dit-il. Pour l'amour du ciel, quand je vais revenir à la réalité, tu me raconteras toute l'histoire pour que je la garde toujours en mémoire. Vacillant sur ses jambes, il avait fait quelques pas le long de la voie en direction de l'endroit que l'aiguilleur lui indiquait. Il n'oublierait jamais ce brave homme qui l'avait vu déboucher en trébuchant d'entre deux wagons et tomber à genoux. Vêtu d'une salopette de la compagnie de chemin de fer, un bidon d'huile à la main, il l'aida à se relever et s'inquiéta de savoir s'il allait bien. Tiens, voilà un *nickel* parce que tu n'as rien réclamé, dit-il, secouant la tête d'un air à la fois perplexe et admiratif lorsqu'il vit où le gosse s'était accroché – la petite poignée, le minuscule bout de métal qui dépassait en dessous – pendant des kilomètres et des kilomètres de désert.

A la verticale du wagon, dans le carré de ciel étoilé, à peine une variation du noir des ténèbres, à peine plus clair que le train lui-même, il avait vu son visage étroit, si pur, pareil à un fruit mûr, et dans ce visage, il avait vu ses propres yeux, marron marbré, parsemés de paillettes de mica, et le dessin de sa propre bouche, les lèvres minces et pincées. Il était tellement sûr qu'il ne s'agissait pas d'une illusion, d'un mirage, qu'il cria plusieurs fois son nom. Maman. Maman. Maman. Elle tendit la main vers lui, et son bras sembla si long, si frêle dans l'obscurité, tandis qu'elle nouait ses doigts autour des siens et les serrait fort – lui emprisonnant tout l'avant-bras, tout l'avant-bras, – jusqu'à ce que l'aube se mêle à la nuit et se déploie au-dessus du train.

Les doigts de ma mère sont apparus, dit-il à Roy qui détourna le regard, incrédule et honteux de cet aveu ; c'était triste de voir son copain en arriver là sans s'être soûlé au mauvais vin rouge Ripple au point de perdre la tête. Promets-moi que tu me le répéteras à mon réveil. J'oublie tout dans mon sommeil, acheva-t-il. Ouais, merde, je te le répéterai, marmonna Roy, crachant dans les mauvaises herbes.

Pour ce que le monde en avait à faire, il aurait pu tout aussi bien être haché menu par les roues, un cadavre de plus qui aurait lâché prise, à cause de la malchance, de la fatigue, d'une mauvaise synchronisation ou d'un garde des chemins de fer sadique. Il y avait énormément de morts à cette époque où les gens étaient jetés sur la route. Avant de mourir au Flower Memorial Hospital de Toledo, il raconta l'histoire à son fils qui était radiologue dans ce même établissement. Il avait vu dans le ciel le visage de sa mère, réel et pur, comme taillé dans la pierre. Et il avait survécu pour le dire à son fils, lequel avait pleuré en découvrant sur les radios le triste résultat de soixante-dix ans de Lucky Strike. Les doigts de ta grand-mère avaient une force étonnante, dit-il. Ils se sont enroulés autour des miens et nous avons tenu ainsi toute la nuit jusqu'au lendemain matin où, comme un chant de grâce, les claquements ont ralenti pendant que le train grimpait une pente et s'arrêtait pour prendre de l'eau.

Ensuite, il parla à son fils de Roy, raconta comment il lui avait fait promettre de lui répéter l'histoire à son réveil et comment, aussitôt après, il était tombé comme une masse au milieu des ronces et avait sombré dans le sommeil le plus profond de sa vie.

Ce que j'espère

Je ne veux plus qu'on meure dans mes histoires. A partir de maintenant, la vie doit être merveilleuse. La lumière du soir à bord du ferry qui conduit dans l'île scintillera avant de s'éteindre avec les derniers rayons du soleil ; appuyés au bastingage, épaule contre épaule, ils sentiront le léger roulis du bateau, sachant que sitôt arrivés au bed and breakfast – avec le petit sachet de pot-pourri accroché à la tringle du placard et le petit chocolat à la menthe posé sur l'oreiller – ils se déshabilleront et s'étreindront dans la splendeur de leur nudité. Le lendemain, ils loueront des bicyclettes et pédaleront vent debout jusqu'à ce que leurs cuisses (chez eux, en ville, ils ne font jamais de vélo) soient raides de crampes ; ils pique-niqueront au loin, au bout de l'île, dans une crique à l'abri du vent. Une rafale occasionnelle mettra cependant un peu de sable dans leur salade de pommes de terre. Ils s'embrasseront doucement et il lèchera le sel sur ses lèvres, émerveillé par la chaleur de sa bouche en contraste avec le froid qui règne sur le rivage où les vagues se brisent avec fracas. Sur le chemin du retour, le vent dans le dos, ils éprouveront un sentiment d'ivresse, l'impression d'être un avion poussé par le jet-stream ; ils écarteront les bras pareils à des voiliers prenant le vent. Après avoir garé les vélos sous la véranda, mis les anti-vols, ils monteront en chancelant les marches qui donnent dans le hall. Ils seront si fatigués, si merveilleusement courbaturés, comme s'ils avaient navigué sur terre pour la première fois depuis des années ; épuisés, les muscles noués, ils feront de nouveau l'amour dans leur chambre à l'étage, à moitié dévêtus, puis ils s'endormiront, laissant passer l'heure du dîner pour se réveiller dans l'obscurité au frémissement de l'orage avec le sentiment fugitif d'avoir manqué quelque chose, quelque chose de la plus grande importance. Dans le couloir, une porte grince et l'occupant de la chambre d'en face, un homme seul, présument-ils, se dirige vers la salle de bains (qu'ils partagent) et tous deux écoutent, retenant leur souffle, pour l'entendre pisser, ce qui ne les fait plus rire comme ce matin, mais apparaît à présent comme une contrainte, le bruit d'un jet d'eau dans l'eau de la cuvette en porcelaine. Si personne ne meurt dans l'histoire, voici ce qu'il adviendra : tous deux, le lendemain, remontent à bord du bateau qui les ramène sur le continent, et ils regardent l'île s'éloigner, les mouettes qui filent au-dessus des vagues que fait le sillage, cependant que celui-ci s'efface petit à petit et disparaît au milieu du rugissement éternel de l'Atlantique Nord.

L'interruption

Restés ensemble par la nuit la plus froide de l'année, ils se demandaient quand les types de la sécurité trouveraient le courage de sortir pour leur enjoindre de passer leur chemin, et des chemins il y en avait au cours d'une nuit d'hiver, déterminés par celui qui partirait le premier en trébuchant dans telle ou telle direction. Arno entourait de son bras l'épaule de Roy et, penché au-dessus de lui, s'efforçait de comprendre ce qu'il disait – un flot de paroles étouffées par le bonnet qui lui couvrait les oreilles et par la vibration, sous leurs bottes gelées, du système de ventilation du Hilton, un bourdonnement monotone qui faisait partie des charmes du lieu et ressemblait à la note la plus grave de grandes orgues ; Arno écoutait, pensant à la fois au plan qu'exposait Roy et à sa lèvre fendue qui s'était rouverte, provoquant un abîme de douleur bien trop profond pour une blessure aussi superficielle.

« Alors, tu entres, bredouillait le vieux bonhomme, et tu dis que tu viens assister à une réunion, puis tu passes devant le comptoir, l'accueil quoi, et tu fais celui qui sait où il va, tu dégotes la plus grosse réception qu'on donne... et puis tu ramènes ton cul ici avec tout ce que t'auras pu faucher... On fera un festin de rois... »

Trois nuits glaciales avaient prélevé leur tribut sur ces hommes, les avaient trimballés d'un endroit à l'autre sans leur fournir la moindre chaleur durable ; quelques minutes dans l'entrée d'un immeuble avant d'en être chassés ; quelques heures dans la bibliothèque municipale dissimulés derrière les pages de l'*Elma Gazette* ; cinq minutes dans le hall de la *First National Bank* adossés à la dalle de marbre, les genoux fléchis pour essayer de calmer le tremblement de leurs jambes fatiguées, mais sans s'asseoir, car c'aurait été reconnaître le besoin de se libérer de tout le poids de la pesanteur, ce qui, en soi, aurait attiré l'attention des propriétaires. Et à travers la ville entière, c'étaient les propriétaires qui arrivaient et leur demandaient, parfois avec gentillesse, parfois sans, de passer leur chemin.

« Vas-y, Arno, tente le coup », dit Snag. Agé de seize ou dix-sept ans, Snag avait le visage d'un type de soixante-dix ans qui aurait traîné toute sa vie sur les plages. Il avait de longs cheveux collés par de l'huile, de la véritable huile, de la terre et du vieux vomi – vestiges des dreadlocks qu'il portait avant. Ses yeux, quand on les examinait de près, avaient quelque chose de solide, un peu comme des glaçons ; on y voyait la froideur engendrée par l'usage de drogues de toutes sortes combinées aux raclées que son vieux lui avait foutues. Ses bras étaient longs et frêles, criblés de marques de piqûres. Si on lui posait la question, il répondait que non, il ne se droguait pas. Ne s'était jamais drogué. Et il y avait dans ses protestations un accent de vérité. Il n'avait jamais pris la moindre drogue. C'était les aiguilles qui l'avaient piqué de leur propre volonté. Il fallait bien que le crack brûle quelque part, et il avait choisi sa pipe à lui. Tous les camés qui tapaient n'importe quoi sur leurs machines à écrire finissaient par écrire son histoire à lui.

« Pourquoi t'y vas pas, toi, Snag ? Vas-y dans ce putain d'hôtel. » Arno ouvrait à peine la bouche sur ses dents gâtées. Des panaches de fumée glacée illustraient ses paroles. Il n'aimait pas trop cet ado. Se traîner un môme de cet âge pouvait leur causer des ennuis. Snag n'était pas d'Elma. Il avait un regard faussé d'étranger – il venait de Dearborn, près de Detroit.

« On devrait réussir à passer devant l'étudiant, insista Snag. Il suffit que Roy... (il se tourna et désigna un buisson décoratif au-delà des lumières vives d'un jaune cuivré)... aille pisser là et le type rappliquera. Il fera quelques pas pour engueuler Roy, et nous on en profite pour entrer. Pas plus difficile que ça. »

Il y eut un long silence pendant lequel ils réfléchirent à la situation. Zeek se mit à hocher la tête en réponse à une question informulée et continua ainsi un long moment. Zeek, la cinquantaine, était un faible d'esprit dont les lèvres s'ornaient de quelques poils agglutinés qui lui valaient le surnom de Piège à Miettes. (Il mourrait dans quelques semaines d'une hémorragie interne provoquée par un ulcère – la moitié de son sang logée dans sa cavité abdominale qui clapotait pendant que sa tension artérielle s'effondrait. Un gamin de dix ans qui livrait le journal dominical le découvrirait, mort gelé.)

Personne ne se souvient du temps qui s'écoula avant que Roy, pris de ce qu'on pourrait qualifier d'ultime inspiration, se lève et tende les bras au ciel. Son pantalon, récupéré à l'Armée du Salut des années auparavant, était en loques, plein de trous. « Et merde, dit-il. J'y vais. » Sans qu'Arno ou qui que ce soit ait pu réagir, il s'élança vers le demi-cercle de trottoir brillamment éclairé, franchit les portes automatiques pendant que le voiturier se penchait pour régler sa radio ou nouer les lacets de ses bottes de combat, peu importe. Personne ne manifesta le désir de le suivre dans cette caverne illuminée. Ils se rassirent et refermèrent le cercle en silence, chacun plongé dans ses propres pensées. Arno se rappelait les jambes incroyablement arquées du vieux con alors qu'il se tenait sous la douche brûlante de l'asile de la Première Eglise baptiste, des jambes maigres courbées par le poids d'une longue et pénible existence.

Le salon était parcouru de courants indolents, apanage des deuxièmes mariages ; du plafond sombre pendaient de longs serpentins argentés en dessous desquels étaient dressées une vingtaine de tables de forme ronde. Assis à l'une d'elle, Mr. Standard, qui en était à son troisième scotch, avait du mal à tenir le gobelet de plastique entre ses grandes mains. Il avait envie de l'écraser, de le regarder exploser. La réception, après environ une heure de toasts ridicules, était devenue aussi morne et ennuyeuse qu'un mauvais match ; rien ne bougeait, hormis un léger miroitement de chaleur au-dessus du terrain désert. Sur l'estrade, en compagnie des autres invités de la noce, se trouvait le marié, Melville – Mel – Horton et son visage rond qui semblait, du moins aux yeux de Standard, avoir besoin de se faire, à l'instar d'un gant de base-ball neuf. Il faudrait les enduire de graisse, les pétrir, les casser afin de débarrasser ces joues de leurs rondeurs de bébé repu, songeait-il. Puis il regarda sa femme, ses pommettes fines et ses poignets déliés. Elle n'approuverait sûrement pas cette idée. C'était l'une des meilleures amies de Susan Porter, la mariée, qui venait de les rejoindre sur l'estrade dans sa robe de mariée, affichant cette espèce de suffisance empreinte de tristesse que Standard avait vue des centaines de fois chez celles qui se mariaient pour la deuxième fois. Il croyait fermement en la chute de l'homme. Sa société, les Canalisations Standard, après avoir traversé une période difficile, connaissait des temps plus difficiles encore. Elle rouillait littéralement ; de longues traînées brunes léchaient les murs en tôle ondulée du bâtiment principal de l'usine. Les fenêtres étaient brisées et il arrivait à peine à fabriquer les commandes en portefeuille. Sirotant son scotch, il pensa à la dernière visite que Melville Horton lui avait rendue. Le salaud s'était tenu devant lui dans son beau costume, les mains enfoncées dans les poches. Le bureau de Standard, une petite pièce aux stores jaunis bourrée de classeurs, n'avait aucune prétention au luxe. Sur le mur de gauche étaient accrochés ses vieux insignes du

Rotary Club ainsi que quelques trophées de golf bleuis de poussière. Un des tiroirs du classeur était ouvert, tout de guingois comme il l'était depuis dix ans. Curieusement, l'endroit ne reflétait en rien la véritable nature de Standard qui, dans une large mesure, était un homme méticuleux et consciencieux tant dans le domaine personnel que dans celui des affaires. Ses ongles étaient bien coupés, soigneusement débarrassés des petites peaux. De fait, son bureau ne lui importait plus guère, à cause des voies que suivait maintenant l'industrie de l'acier. Aussi, quand Melville Horton, avec un petit ricanement de mépris, passa le pouce sur son insigne d'Homme Rotary de l'Année 1968, il éprouva cette profonde impression de déséquilibre qui le mettait en rage ; s'il y avait une chose qu'il détestait, c'est d'être snobé par un petit jeunot qui n'était même pas un spermatozoïde quand lui-même débarquait en Normandie.

« Je n'ai pas l'habitude de traiter des affaires dans de telles conditions », dit Horton. Il s'écarta de l'insigne du Rotary, chercha une chaise du regard et, ne trouvant qu'un vieux fauteuil au siège vert rafistolé à l'aide de chatterton gris, il resta debout. « Comment pourrais-je, moi, tenir mes délais si vous ne me livrez pas à temps ? J'ai un gars qui doit installer un nouveau système et qui fait des heures supplémentaires pour maintenir l'ancien en état de marche, et voilà que Standard m'annonce qu'on ne peut pas me livrer les conduites commandées – tout ce boulot pour rien. »

Standard l'examina des pieds à la tête avant de répondre. Horton était assez jeune pour être son fils, celui qui avait été tué près de Khé Sanh, Colline 861, membre du bataillon 1/9 des marines. Mais au contraire de son fils, un rude gaillard, quarterback vedette de l'équipe de son lycée, ce gamin-là avait tout le vernis du yuppie. Sa veste de costume coupée un peu trop large pendait sur son ventre gras et pochait aux épaules. « La commande sera livrée à la date indiquée, marmonna-t-il. Je vous l'ai déjà dit et je vous le répète. Nous sommes simplement surchargés. Tilco s'est fichu dedans. Ils nous ont expédié par erreur un diamètre trop grand. Et puis, avec la grève des chemins de fer, il m'a fallu un mois pour recevoir un wagon de Dayton ; et en plus, cette saloperie a déraillé. »

Ce môme, ce Melville Horton, ignorait tout de l'accord tacite en vigueur au sein de la vieille école, selon quoi on n'entrait pas dans le bureau d'un fournisseur pendant une grève des trains pour réclamer une livraison en urgence, à moins qu'il y ait de gros intérêts financiers en jeu. Horton était un imbécile. Il ne manquait pas d'argent, lui dont l'entreprise récoltait une centaine de commandes par semaine. Sans compter que pour lui, tout cela était plutôt une espèce de hobby, car le père de son père avait fondé les Savonneries Cap avant qu'elles ne se constituent en société, et le petit salaud avait touché le paquet lors de l'introduction en Bourse. En cas de besoin, il disposait de toutes les liquidités nécessaires, et il n'avait à se soucier ni de déraillements ni de défauts de fabrication. Ce connard pourrait acheter la compagnie de chemin de fer si l'envie lui en prenait.

Le DJ passait des mambos. Il y eut une annonce assourdie, un toast de la dernière chance pour mettre un peu d'animation parmi les invités. Standard porta le gobelet de plastique à ses lèvres et but ce qui restait au fond, délayé par les glaçons.

« Chéri. » Ellen Standard posa la main sur la sienne. Elle savait et voulait calmer sa soif. Il venait de finir son troisième verre et s'apprêtait à aller se resservir. Susan passait de table en table et, en marchant, elle soulevait sa robe de mariée pour dévoiler des chevilles épaisses. Elle avait davantage grossi pendant ses fiançailles que durant les dix années ayant suivi son divorce.

« Je vais en reprendre un », dit-il, s'efforçant d'adopter un air naturel. Il y avait un accent de panique dans sa voix, comme s'il craignait que le bar ferme.

« Félicitations, Susan », dit-il. Il s'arrêta à peine, se bornant à effleurer son bras avant de continuer son chcmin, titubant un peu, en direction de la pénombre. Trois personnes dansaient sur *Flashdance*, essayant de se rappeler les pas de disco. La musique résonnait de nouveau contre les murs, crachée par des haut-parleurs qui montaient presque jusqu'au plafond. Le DJ maniait sa platine laser avec un sérieux étonnant, pareil à un juge présidant les débats. Il avait des traits fermes, et entre chaque chanson, il prenait des notes sur une feuille. C'était un boulot triste et solitaire que de s'occuper de la musique pour des événements de ce genre. Ce soir, tandis qu'il regardait Frank Standard s'approcher pour la quatrième fois du bar, la démarche incertaine – et qu'il remarquait la manière dont il gardait les yeux rivés sur le barman –, le DJ eut une prémonition : il sentit un changement dans l'atmosphère de la soirée, et il dirait plus tard qu'il avait su alors qu'il allait se produire quelque chose de traumatisant. Si une personne au monde était capable de le percevoir, c'était lui. Il connaissait tout de l'ennui engendré par les rituels contemporains, de l'incapacité que la plupart des ternes réceptions données à l'occasion de mariages avaient de s'élever au-dessus de leur fadeur prudente et délibérée. Aussi, quand Roy franchit la double porte, puant la merde qui avait dégouliné le long de sa jambe pendant qu'il traversait le hall de l'hôtel d'un air fanfaron et passait devant les deux types de la sécurité plongés dans une chaude discussion à propos du match de l'équipe des Pistons, le DJ ne fut pas autrement surpris ; il se contenta de baisser le son de dix à sept, puis il se rassit.

Deux ans plus tard, après que les papiers de divorce auraient été signés par les deux parties, c'est de l'interruption que les gens se souviendraient quand il leur arriverait de penser à cette soirée ; la manière dont Roy se tenait dans l'encadrement de la porte, les jambes écartées, les bras légèrement décollés du corps, sentant tellement mauvais que le système de ventilation du Hilton lui-même qui, dans un ronflement, soufflait de l'air frais par des conduits d'un mètre cinquante de diamètre, ne pouvait lutter contre la puanteur de la merde, de l'urine, de la sueur et de la crasse à quoi s'ajoutaient dans son haleine des relents de bourbon et d'ail, produit d'un bout de pizza pêché dans une poubelle au cours de l'après-midi et mangé en guise de déjeuner. C'était de ces odeurs impossibles à éliminer, qui restent gravées dans les neurones, une odeur qui proclame que nous venons tous de la merde, ni plus ni moins, que Dieu nous pardonne. Et c'est à cette odeur que Susan Horton qui, au bout de deux ans, avait acquis un certain raffinement et une certaine distinction, pensait, installée sur sa terrasse surplombant la Méditerranée. Elle était plus mince. Elle avait perdu une dizaine de kilos depuis son arrivée dans cette maison perchée sur une falaise à environ quatre-vingts kilomètres de Malaga. Autour, c'était le désert, l'Afrique qui léchait ce coin d'Espagne, lui avait dit Peter, l'Anglais qui entretenait les propriétés des Américains pendant la morte-saison. Il était venu la chercher à l'aéroport d'Almería. Un homme trapu au front large. Ancien parachutiste de l'armée britannique, expliqua-t-il, retroussant sa manche pour montrer un vieux tatouage presque effacé, de sorte qu'on aurait dit une marque de naissance. Le sol de la terrasse, fait de dalles lisses délimitées par des graviers, était agréable sous les pieds quand on remontait de la plage. Elle y allait tous les jours, après le déjeuner, demeurait deux heures seule sur sa natte à lire les livres de poche blanchis par le sel qu'un occupant précédent avait laissés, puis, de retour sur la terrasse, toujours seule, elle se servait un gin tonic et, étendue à l'ombre, regardait le paysage. Cet après-midi-là, elle repensa à l'odeur. Elle n'avait pas vu Roy s'avancer en titubant dans le salon. Le récit de son entrée, elle le tenait d'Edith, la sœur de Horton, qui le fit plus tard ce soir-là, la fête finie, alors que Roy, passé à tabac et couvert de bleus, dormait à poings fermés dans une cellule de la prison du comté. Dans la salle, il ne restait plus que les mariés, Edith et son mari Ronald, ainsi qu'Ellen Standard qui s'efforçait de rétablir la réputation de son époux. La pièce était brillamment éclairée, et on voyait les canalisations au plafond, les murs noirs étouffants pleins de traces de coups de pied et de graffitis, vestiges des bals de lycéens. Sous les lumières, il était impossible de ne pas remarquer la grande tache ovale à l'endroit où Roy avait vomi la première fois, avant que quiconque se fût précipité sur lui, avant le tabassage. Edith lui raconta l'épisode, sur le ton de celle qui parle d'un délicieux hors-d'œuvre. *C'était vraiment grotesque. Cet homme qui se tenait planté là. Je n'en croyais pas mes yeux. Mon Dieu, l'odeur était épouvantable.* Près du buffet des salades et des fruits, les saladiers logés dans la glace pilée ; c'est par là qu'il s'est dirigé, tandis que Standard, le DJ et quelques autres étaient les premiers à s'apercevoir de sa présence.

Deux semaines après le mariage, le soir où Roy mourut, Arno auprès de lui, la première fissure était apparue dans le couple, du moins put-on en juger ainsi avec le recul. Elle but une petite gorgée de gin tonic, fit tournoyer les glaçons dans son verre, sentit sur son visage le léger courant d'air frais que cela provoqua, puis se remémora l'incident : à titre de plaisanterie, ils étaient allés au supermarché Wal-Mart acheter des guirlandes de Noël, afin de s'encanailler un peu. Il gara sa Ferrari à l'écart, pour éviter les chocs éventuels avec les chariots abandonnés. Sortant de la voiture, ils éprouvèrent un étrange sentiment d'excitation face à la sinistre étendue de bitume éclairée par les lampes à sodium. La neige tombait drue et les flocons s'accrochaient à son étole de fourrure. Quelques vagabonds traînaient devant l'entrée du magasin. (A l'époque, le mot « vagabond » s'accordait à sa vision de ces ombres qui erraient à la périphérie des choses. Son père, un immigrant hongrois qui travaillait dur, considérait les clochards comme des pouilleux, et il ne pouvait s'empêcher d'inculquer à sa fille unique l'idée que tous ces gens, ces rebuts de l'humanité ayant perdu leurs repères, avaient choisi de leur plein gré de vivre cette existence-là. Elle gardait le souvenir du camp de sans-abri dans les faubourgs d'Elma, une année particulièrement difficile ; il y avait là surtout des hommes venus du Canada cueillir des myrtilles et qui vivaient sous de simples bâches, des tentes ou des baraques en planches. On sentait l'odeur à des kilomètres à la ronde, prétendait son père. L'odeur de la crasse. Elle avait sept ans, et un homme était entré chez eux pour demander un gobelet d'eau ou de café. En Espagne, le regard fixé au loin sur la sierra, elle le revit un instant : de beaux yeux, marron marbré, dans un visage jeune. Un garçon, en fait. Un garçon de son âge. Les pouces accrochés aux poches de sa salopette. Sur une impulsion, elle l'avait embrassé, juste comme ça, et son père s'était mis à crier en hongrois [comme à chaque fois qu'il entrait dans une telle colère qu'il en oubliait son anglais et revenait à sa langue maternelle]. Il avait poursuivi le garçon sur près d'un kilomètre et l'avait fouetté avec une latte de bois. Cela se passait après la guerre, après la Crise, après un curieux réajustement quant au protocole régissant les rapports qu'on entretenait avec ces gens-là ; le pays, débordant de richesses, n'avait plus la moindre place pour les vagabonds, se refusant même à les côtoyer, pensait-elle, installée sur la terrasse, tandis que le jardinier marmonnait dans son coin.) Le magasin, ce soir-là, resplendissait sous l'éclat somptueux des néons qui mettaient en valeur l'opulence des rayons bourrés de marchandises. La tête leur tournant un peu, ils se dirigèrent vers les décorations de Noël. Ils entamèrent aussitôt une discussion qui ne tarda pas à dégénérer. La dispute portait sur le fait de savoir quelles ampoules iraient le mieux autour des balustrades, les blanches ou les colorées – c'était tout ce qu'elle se rappelait, cependant qu'elle reposait son verre après avoir pris un petit bout de glaçon dans sa bouche qu'elle plaqua contre ses dents de devant jusqu'à ce que le froid s'infiltre au travers de l'émail. Le soleil se cachait derrière la montagne, et le paysage poussiéreux et caillouteux se teintait de la lueur orange marquant la disparition du jour ; des martinets noirs filaient devant les maisons blanchies à la chaux. Hors de vue, le jardinier arrosait les plates-bandes. Elle se souvenait des mots étranglés, de leur ton, des phrases sèches – pour ce qui aurait dû être un achat plein de douceur, de chaleur, un achat romantique ; ce fut la première manifestation du caractère insupportable de Horton Melville. Elle sourit et songea à l'Anglais, Peter, qui l'avait invitée à prendre un verre ; elle se rappelait son grand corps, instable sur ses jambes épaisses, sa façon de marcher en rebondissant sur la plante du pied, comme les gosses. Etait-ce de l'amour qu'elle ressentait pour cet homme, son visage rubicond, carré, sa trace d'accent cockney, ses tatouages de para de l'armée britannique ? Elle n'était plus de ces femmes qui s'interdisaient d'éprouver des sentiments profonds pour quelqu'un après seulement deux ou trois rencontres. Ses expériences avec Horton avaient modifié son regard sur la vie, et elle était désormais à peu près convaincue qu'il était préférable de se fier à ses impulsions du moment plutôt qu'à des règles dictées par ce fameux bon sens.

Soutenant Roy, Arno le conduisit derrière la gare, silhouette sombre se découpant devant les rails rouillés qui faisaient comme des traînées de sang. Un train par jour s'arrêtait pour prendre les voyageurs à destination de Detroit, roulant si lentement qu'il ne parvenait même pas à éliminer la rouille. Ils se dirigeaient vers l'ancien poste de contrôle de la Baltimore + Ohio Railroad Company, un édifice branlant dont le flanc avait à moitié brûlé à la suite d'un feu de camp mal éteint ; au-delà, il y avait une usine de papier sulfurisé désaffectée dont les fenêtres brisées ouvraient sur un ciel de neige. (C'était l'heure où Horton, au Wal-Mart, prenait une guirlande d'ampoules blanches et déclarait d'un air pincé : « Je préférerais maintenir la tradition. ») Derrière eux, à une cinquantaine de mètres, près du passage à niveau, une tache rouge maculait la neige, là où Roy avait vomi, plié en deux comme un portefeuille vide, les jambes qui cédaient sous lui, pendant qu'Arno le tenait, ne sentant que les os.

« Putain, accroche-toi, Roy, dit Arno.

– On y arrivera, on y arrivera, mon vieux, dit Roy.

– Y a bien trente centimètres de cette saloperie, si c'est pas le double.

– Ouais. »

Roy ne voulait pas mourir, et Arno s'échinait à l'aider à avancer. Il neigeait encore un peu. Tout était recouvert d'un manteau blanc. Dans l'esprit de Roy, il n'existait rien de comparable au silence d'une nuit de neige, et surtout dans ce quartier, le plus sinistré de la ville, où, dans leur délabrement, les bâtiments du passé prenaient une beauté particulière. Il adorait ces nuits-là. Nombre d'hivers, il s'était blotti dans le poste de la B.+O. en compagnie de ses copains, à boire, à fumer, à n'écouter rien sinon, peut-être, le bourdonnement qui résonnait dans le vide de son isolement et de sa solitude. Le poste de contrôle constituait un excellent abri, et il désirait s'y réfugier. C'était en hauteur. La compagnie de chemin de fer avait beau condamner les fenêtres, des bandes de sans-logis se permettaient toujours de déclouer les panneaux de contreplaqué. Sous une pile de journaux, pelotonné dans un coin, on parvenait en général à avoir assez chaud pour tenir jusqu'au matin. Seulement, la douleur dans son ventre l'élançait jusque dans la cage thoracique. L'autopsie révèlerait un éclatement de la rate. De toute façon, ses souvenirs de l'épisode avaient été noyés par l'alcool. Si on établissait la liste de tout ce que Roy se rappelait de cette nuit de neige, on obtiendrait une longue succession d'images : parquets froids, trous dans les fenêtres colmatés par du papier jauni roulé en boule, l'usine de papeterie en face où son père avait travaillé, la manière dont, assis l'été sur le rebord des fenêtres, les ouvriers mangeaient, la gamelle sur les genoux, et puis le visage émacié de sa mère qui se tordait quand elle recevait des coups, les vides dans ses petits yeux noirs. Les nuits passées dans la rue effaçaient beaucoup de souvenirs. Sa vie se concentrait à présent dans un petit noyau au cœur même de son esprit, un noyau aussi dur que le tranchant de la large main de son père qui l'avait frappé un matin, alors qu'il était âgé d'environ huit ans, lui brisant la mâchoire, laquelle s'était mise à pendre comme du linge sur une corde... ce qui suffit à alimenter sa mémoire en cette nuit de neige.

Le jardinier était très maigre. Son pantalon de travail bleu foncé flottait autour de ses jambes et le tuyau tremblait dans sa main. Son gin tonic fini, elle regardait la lumière décliner sur la pierraille, sur la mer étincelante, et elle écoutait les voix qui montaient de la plage en contrebas. Elle ne se rappelait pas son nom – Miguel, peut-être. Il avait été embauché par Peter, et c'était ce dernier qui lui parlait la plupart du temps.

« *Hola* », dit-elle.

L'homme grogna, leva un peu trop le tuyau et s'aspergea les orteils. Il posa le jet au pied d'un massif, puis tira un mouchoir de sa poche pour essuyer ses chaussures, le genre qu'on trouvait au marché : semelles en caoutchouc provenant de vieux pneus de camion, cuir suédé mince et de mauvaise qualité. Elle y était allée ce matin, en compagnie de Peter qui affirmait qu'il entrait dans ses attributions de conduire les touristes – ceux qui n'avaient pas loué de voiture – à Carbonaras. L'aridité du paysage, à quoi s'ajoutait la chaleur anormale qui régnait en ce début de matinée, semblait avoir excité jusqu'à la moindre fibre de son nerf olfactif. Tout avait soudain une odeur précise : la poussière, le sable, les pierres autour des maisons, les bacs remplis d'articles ménagers en plastique, les rangées de bouteilles de détergent, les étals d'articles en cuir et, bien sûr, le poisson et le pain. Sur la terrasse, alors qu'elle regardait Miguel arroser les autres massifs (si elle avait été plus attentive, elle aurait remarqué avec quel soin il maniait le tuyau afin que le jet ne se disperse pas, car la rareté de l'eau était ancrée dans ses os, dans sa peau parcheminée ; l'eau qui sortait du puits, saline et fétide), elle caressa son bras, près du coude, là où Peter, au milieu de la cohue, l'avait tenue pour la guider comme une aveugle.

De la salle d'aiguillage du poste de la B.+O., on avait une vue sur les voûtes en console qui soutenaient le toit enneigé de la gare à moitié désaffectée. Le long d'un mur du bâtiment il y avait un vieux chariot à bagages muni de roues métalliques, la seule chose à ne pas avoir été détruite, vandalisée, couverte de graffitis, souillée de pisse, de merde ou d'éclats de verre, parce que trop volumineuse pour être balancée du quai, d'autant que les roues étaient grippées par la rouille. Dans le poste de contrôle, une coulée de neige s'était introduite par le carreau cassé et les avait repoussés contre le mur du fond où ils étaient assis, les jambes relevées, blottis les uns contre les autres. La respiration de Roy était pénible, rauque. Il avait les joues rugueuses de barbe, et sa bouche semblait avoir du mal à aspirer un peu d'air. Arno alluma une Camel, tira une bouffée, puis la glissa entre les lèvres de son pote.

« Allez, vieux machin, accroche-toi. »

(S'accrocher ? A quoi ? Pourquoi ? Arno n'avait aucune idée de la raison pour laquelle le vieux con devrait s'accrocher. Car sa mort était inscrite avec tant de certitude que personne n'aurait parié contre. Sa phrase n'était sans doute qu'une platitude née de son sens du devoir face à la mort. En l'occurrence, on pourrait dire qu'Arno avait atteint le degré le plus élevé de la condition humaine dans la mesure où il jouait son rôle dans la scène, l'avant-dernière scène, celle qui précédait la mort de son ami. D'un autre côté, peut-être qu'Arno était sincère ; peut-être qu'il voulait vraiment que Roy s'accroche à la vie, rien de plus, rien de moins. Peut-être que son idée de traîner Roy jusqu'au poste de contrôle procédait de son désir de lui offrir le vague sentiment d'un chez-soi : quatre murs, une couverture faite de vieux numéros de l'*Elma Gazette*, peut-être le miracle d'une bouteille de porto ; ou mieux encore, peut-être qu'on les arrêterait et qu'ils trouveraient un peu de confort en prison.)

Quoi qu'il en soit, ç'avait été une sacrée nuit. Ils

avaient pataugé dans la neige jusqu'à Main Street avant de tomber sur Zeek qui, adossé à la paroi intérieure d'un abribus en plexiglas tout rayé, fumait un petit joint d'herbe mêlée de crack, tremblant de froid et de nervosité. Les phares des voitures traçaient sur le plexiglas laiteux comme de longues traînées de glace fondue. Les hommes avaient tenu un pow-wow, reniflant l'air froid, buvant au goulot de la bouteille de vin de cerise Boone's Farm que Zeek avait fauchée à un autre poivrot en le menaçant de la pointe de son couteau. Celle-là liquidée, Zeek tira de derrière Roy – prononçant le mot abracadabra – une bouteille de vin Thunderbird et, après l'avoir ouverte, la plaça devant la bouche de Roy et le laissa boire, la tête renversée, autant qu'il voulait. Comme s'il lui donnait le biberon. Il lui faisait faire son rot au vieux con ; s'assurait qu'il n'avalait pas trop d'air. Et, bien que raide défoncé, il eut encore le plaisir de voir le sang du vieux bonhomme se remettre à circuler dans ses veines.

Peut-être est-il dans la nature de certains mariages de receler en eux une possibilité de violence et de tragédie ; peut-être est-ce cela que nous entendons bruire derrière la musique et le mouvement silencieux des ballons et des confettis parmi les froissements des robes empesées, l'étreinte des cols et des ceintures de smoking. Le DJ le savait, le comprenait.

Revenant du bar avec un autre scotch, Stanford pensait à l'atmosphère d'Elma, aux affaires qui stagnaient, aux ressources économiques qui s'épuisaient dans cette région. Une récente étude faisait état d'une grave pénurie dans le secteur des canalisations et d'une importante hausse des prix en raison des guerres islamiques dans des régions du globe qu'il avait beaucoup de mal à localiser sur une carte. Il se sentait prêt à des changements dans le monde. La musique était moins forte. Il y eut une soudaine accalmie. Le gros des bavardages avait cessé et beaucoup de gens, debout ou assis, semblaient changer de cap à l'instar d'un vol d'oies bifurquant en plein ciel. Juste avant de se retourner pour voir Roy tituber sur le seuil, il se rappela Melville qui descendait l'escalier branlant de son bureau, les épaules raides, engoncées dans la veste de son costume rayé. Le panneau « Canalisations Standard » dont la peinture s'écaillait, battu par le vent, pendait en arrière-plan. Il avait vaguement brandi le poing et voulu crier quelque injure à ce gamin, mais il savait que les choses n'étaient plus ce qu'elles étaient et que les Melville régnaient à présent sur le monde. Cela n'aurait servi à rien. Il regagna son bureau, s'assit dans son fauteuil rafistolé avec du chatterton et réfléchit – sans toutefois bouillir de rage, mais nourrissant la colère qu'il avait en lui depuis l'été et qu'il ressentait toujours cependant que, sous la neige, il sortait de sa Lincoln Towncar, traversait le hall de l'hôtel et buvait son quatrième (ou était-ce son cinquième ?) whisky. Aussi, quand il vit Roy, son visage de sans-abri creusé de rides, tenant poliment son vieux bonnet de marin à la main, il éprouva un vif plaisir à l'idée qu'il allait y avoir du grabuge. La puanteur, l'odeur de merde se répandait déjà.

Il y a un silence que seuls les indigents connaissent. Arno le ressentit profondément. Il aida Roy à s'installer de son mieux, lui glissa sous la tête les pans de son vieux manteau de l'armée. Il sortit fumer sur l'escalier – non par respect ou par politesse, mais pour s'échapper un instant. Quatre mois avaient passé depuis l'été, les soirées tranquilles où ils se rendaient dans la forêt près de la ville pour s'asseoir autour d'un feu de camp non loin du wigwam de Roy et profiter des fruits récoltés en fouillant les poubelles. La fumée de sa Camel se mêlait à son haleine. Il faisait bien en dessous de zéro. Le nuage devant sa bouche semblait immobile. Merde, murmura-t-il. Merde, merde et merde, puis, d'une pichenette, il expédia le mégot de sa cigarette dans les ténèbres.

Alors que Roy mourait, Susan Porter-Horton se brossait les dents, pas encore habituée à la hauteur du lavabo de leur nouvelle maison. Le robinet bec de cygne plaqué or véritable la gênait quand elle se lavait la figure. Elle se promit de le faire remplacer dès qu'elle serait installée ; elle jouerait quelques semaines à la mariée et attendrait de se sentir assez sûre d'elle-même pour suggérer des changements de cet ordre. La grande maison à deux niveaux, pleine de coins et de recoins, à la décoration postmoderne, avait été construite pour la première femme de Melville. Les procédures de divorce, les avocats et la haine ne suffisaient pas à effacer tous les liens. Elle rinça sa brosse à dents, la rangea dans son étui plaqué or, puis contempla son visage dans la glace, ses joues pâles et flasques, ses lèvres exsangues et ses yeux auxquels elle ne se fiait plus.

(En Espagne, après avoir fait l'amour avec Peter, allongée sur son lit, elle écoute le vent chaud qui, parti de la côte africaine, pénètre par les fenêtres ; et, l'espace d'un moment, d'un court moment, elle dresse la liste des changements qu'elle a effectués dans la maison – elle pense aux robinets et leur courbe élégante, aux poignées en os, et elle se demande si elle aimerait les ravoir. Elle se lève, en silence, traverse la chambre, sentant le sol frais sous ses pieds. Sur le lit, l'ex-para soupire, et son grand corps se soulève au rythme de sa respiration, flottant dans ses rêves.)

Tous les gestes deviennent beaux en présence de la mort. Arno rentra et constata que Roy était pris de violents frissons. Ne sachant que faire, il fit ce qui lui vint naturellement à l'esprit et, après lui avoir ouvert sa chemise, il se coucha sur le vieux bonhomme, se soulevant sur les genoux et les coudes pour ne pas l'écraser ; il resta ainsi le plus longtemps possible, jusqu'à ce qu'il roule sur le flanc et que leurs joues hérissées de barbe se touchent. (Ils s'étaient rasés une semaine auparavant à la mission de l'Eglise baptiste, côte à côte, et Arno avait aidé son pote à passer sur ses joues hâves le rasoir Good News qu'il rinçait au fur et à mesure dans l'eau chaude. Il avait senti le souffle de la mort quand, dans la douche, sous le jet brûlant, les genoux de

Roy avaient fléchi et qu'il avait glissé sur le carrelage. Il n'y avait plus ces coups de serviette qu'ils échangeaient pour s'amuser un an plus tôt, pendant les premiers temps de cet amour entre hommes, juste après qu'ils s'étaient juré une amitié éternelle devant une bouteille. Arno, lui, se douchait seul, pendant que Roy se séchait et s'habillait, puis parlait avec Grant, le pasteur. Il se douchait seul pour pouvoir se masturber, passant le savon Irish Spring sur son sexe, sans que cet acte de tendresse lui fasse éprouver la moindre honte. L'amour de ses mains pour son sexe était aussi pur que toute autre forme d'amour. C'était un amour pieux dans le pays de la solitude. Il lui fallait cinq minutes. L'eau était chaude ou brûlante selon la cadence où les dames, des bénévoles, qui préparaient la soupe populaire, rinçaient les verres qu'on leur rapportait. Il avait de douces et amoureuses pensées. Il songeait à une fille qu'il avait connue en troisième, nommée Wendy.) Dix minutes plus tard, il abandonnait au froid le corps de Roy.

Ce soir-là, les hommes devant le Hilton attendaient que Roy ressorte comme on attendrait le sauveur. Assis au bord du trottoir, ils se demandaient rêveusement ce qui allait se passer : peut-être que, affichant un sourire de triomphe, les bras chargés de butin, il se glisserait devant l'étudiant en uniforme qui gardait l'entrée, tortillant des hanches dans une danse avinée de vainqueur, tandis qu'ils l'acclameraient. Voilà comment ils étaient. Ils savaient célébrer les petites victoires. Des hommes armés de la difficile détermination des stoïques. De temps en temps, l'un d'eux marmonnait : « Qu'est-ce qui est arrivé au vieux con ? » Et un autre disait : « Laisse-lui une chance. Il va revenir. J'en suis sûr. Pour l'amour du ciel, laisse-lui une chance[1]. » Or,

---

1. On serait tenté de rester là-dessus, de terminer ici, alors que les hommes sont assis sur la grille de chauffage, remplis d'espoir, bercés par le murmure du système de ventilation de l'hôtel. La neige continue de tomber sur les rues, et les voitures roulent lentement dans la gadoue, cependant que la misère du monde semble, pour un instant, suspendue. Mais conclure ainsi, ce serait laisser ces hommes pénétrés d'un espoir inébranlable, comme des gosses attendant une friandise, si optimistes qu'ils tapent du pied et que dans le « merde, où est-il ? » de Zeek, on perçoit un mantra de l'espoir perdu dans le passé. J'ajouterai donc que les portes coulissantes se sont ouvertes, que deux hommes sont apparus, tenant Roy par les revers de son manteau et que, au lieu de l'éjecter à coups de pied, ils l'ont traîné comme un vieux soldat blessé de la guerre de Sécession. Il grognait. Il avait du sang sur la lèvre. Son flanc, sous son manteau, était couvert d'ecchymoses. L'interruption n'avait duré qu'un instant. Standard lui avait décoché plusieurs coups de pied avant que Melville et deux autres hommes s'interposent. Quelques secondes plus tard, une demi-minute, peut-être, tout le monde regagnait sa table et, lentement, graduellement, le tohu-bohu recommençait, le DJ réglait le son sur 9 et mettait un slow car, en tout état de cause, c'était ce que la plupart désiraient. Les gens craignaient les mouvements rapides. Ils voulaient décrire autour de leurs existences de lents cercles paresseux, des petits pas comptés. Dans le salon, les couples se sont formés qui, sur la piste de danse, ont évolué en modestes demi-cercles autour de la chanson, marquant le territoire de leurs espérances limitées. C'était une chanson des Carpenter. Karen Carpenter était morte d'anorexie et, en l'entendant, la majorité des personnes présentes a pensé à son corps décharné, violé, dont toute la beauté avait été comme aspirée. C'était *Close to You*, une chanson qui parlait d'oiseaux, de nais-

naturellement, il n'y eut pas de second avènement, et tout ce qu'il advint cette nuit-là ainsi que la suivante, c'est la neige. Elle tomba en lourds flocons. Elle tomba en minces cristaux. Elle tomba mêlée de grésil.

---

sance et de tout ce qu'on imaginait émis par sa voix puissante. Il y avait des journées de solitude et d'isolement dans cette voix – l'effroi, la peur avec un mélange d'espoir qui, aussi ringardes que soient les paroles, ont fait que tout le monde, Melville, sa femme et l'ensemble des invités, a oublié l'interruption, l'a effacée jusqu'à ce qu'elle se réintroduise dans l'histoire et finisse par devenir, pour autant que je le sache, un parmi tous les ragots qui circulaient.

Le chagrin de la veuve

La poignée de main échangée avec Hugh Lawson tourna au léger affrontement, une lutte tranquille des doigts, accompagnée du léger mouvement de balancier que le geste implique. Dehors, la pluie fouettée par le vent se calma et ouvrit un espace permettant aux gens de partir. Il se pencha vers elle, pas trop près, mais assez pour baisser la voix et murmurer sur un ton d'intimité : *« Je compatis à votre chagrin. »* Elle répondit ce que toute veuve est censée répondre en pareille circonstance, ce qu'elle ne cessait de répéter depuis des semaines face à toutes sortes de bonnes paroles et de conseils, pendant qu'elle préparait du thon en cocotte ou devant une tasse de café, tout en regardant par la fenêtre de la cuisine (parce que c'est là qu'ont lieu la plupart des rituels d'après la mort) la longue procession des eaux de l'Hudson s'avançant dans les premières semaines de novembre. *« Je vous remercie »*, dit-elle, sa main toujours dans la sienne, car une seconde à peine s'était écoulée – une pause avant que quelqu'un fasse remarquer que ça s'arrêtait et qu'un nouveau groupe franchisse la porte pour déboucher dans la fraîcheur de l'air. *« Je me remets. »*

Ils avaient fait la vidéo le dernier jour de leur lune de miel, dans un hôtel de Madrid, un somptueux quatre étoiles avec un hall moderne, étincelant et vide, et des escaliers aux marches trop profondes pour elle ; la largeur des marches resterait à jamais gravée dans sa mémoire, de même que le sol de marbre blanc, l'odeur d'encaustique de l'ascenseur et le portier qui leur sourit gentiment quand il apprit qu'ils étaient en voyage de noces et qui leur conseilla, dans un bel espagnol aux accents andalous, détachant bien chaque mot, de ne pas avoir tout de suite d'enfants, d'attendre au moins un an – tandis que son sourire s'élargissait et dévoilait ses dents blanches.

Images floues, mal cadrées ; ombres ; mauvais éclairage. Le jeu de la chair et les ratés électroniques dans la faible lumière des rideaux tirés ; il était environ neuf heures, ce qui, en été à Madrid, était encore presque la journée. Les rideaux ouvraient sur une vue banale, l'entrée de l'hôtel où s'arrêtaient les voitures, la rue encombrée aux sèches couleurs sépia après la chaleur du jour, bordée d'arbres malades. Sur la coiffeuse, adossée contre deux livres, la caméra était braquée sur le lit, limitant l'inventivité de leur séance amoureuse à un carré mal éclairé et lui conférant – une semaine plus tard quand ils regardèrent la cassette chez eux à New

York – un côté mesquin, statique, brouillé. Les angles n'étaient pas bons. Ils baisaient normalement. Ils comprirent alors que les films pornos comportaient de nombreuses distorsions : les positions acrobatiques, l'air étonnamment naturel, permettaient de multiples combinaisons. La pornographie paraissait souvent plus naturelle que la réalité.

Deux ombres mouvantes, deux fantômes impies. Ron était au-dessus d'elle, pareil à une longue silhouette de chair pâle dans le clair de lune, tandis que sous lui, à peine visible, elle bougeait, les bras écartés, les mains qui s'ouvraient et se refermaient lentement, comme pour saisir quelque chose. C'est ce geste qui la fit rougir de honte quand ils visionnèrent ensemble la bande ; cette main s'agitant comme celle d'un enfant sur le pont d'un bateau en partance lui gâcha à jamais la beauté de ce moment. Lequel quitta le royaume de sa mémoire.

Ron se dressait au-dessus d'elle, les bras raidis, et elle roula sur le dos. Ensuite, ils firent l'amour, cependant que ses fesses à lui, pâles comme la pleine lune, tour à tour apparaissaient et disparaissaient. La manière dont l'enregistrement avait continué après, alors qu'ils gisaient sur les draps emmêlés, nichés l'un contre l'autre, les avait fait rire. Lorsqu'elle se leva, son ventre lisse, dépourvu de la moindre cicatrice, passa devant la caméra. Il se leva à son tour, révélant ses fesses plates, blanches comme la craie, tranchant sur son bronzage, fruit de trois semaines au soleil, et qui leur rappelèrent à tous deux ces tristes images de survivants de camp de concentration et de prisonniers humiliés alignés dans la cour de la prison d'Attica après les émeutes.

La route qui conduisait à Fuente Vaqueros était bordée de chênes-lièges élancés, courbés par le vent. Le car soulevait des nuages de poussière. Ils visitèrent la maison natale de Lorca. Sols frais, carrelés. Le lit où on l'avait bercé. Il signa le livre d'or : Ron Stanford. Poète. (Mixeur.)

Des rides frangées de blanc jouent à la surface du fleuve – lueurs des phares sur le pont, éclairage. Et venant d'autres endroits aussi, le long de la rive côté Westchester : parkings devant les gares, fenêtres des maisons, lampadaires. Il faudrait préciser que la nuit pèse contre les carreaux ; on entend gémir les châssis sous les assauts du vent – un front froid, a-t-on dit aux informations, qui apportera sûrement la première neige de l'année. A Buffalo – qui absorbe toute l'humidité du lac Erié – il en est déjà tombé vingt-cinq centimètres. Dans un fauteuil, les jambes ramenées sous elle, elle lit Tchekhov dans une édition reliée que Ron a achetée un mois avant de savoir. Après, il l'a abandonnée : j'essaie de les lire, mais ses nouvelles n'ont pas de sens pour moi, n'a-t-il cessé de répéter, et de toute façon, je n'ai jamais beaucoup aimé Tchekhov, il est trop sec, trop chaste. Les seules nouvelles qui comptaient, c'étaient celles des labos ; les résultats des analyses devenaient la littérature de sa vie.

Posé contre sa jambe, le téléphone sonne.

La voix de Hugh semble dure et elle résonne dans l'appareil. Elle est certaine que c'est la première fois qu'elle écoute vraiment cette voix, quoiqu'ils aient échangé quelques mots à la garderie, quand ils venaient chercher les garçons, et bien entendu, l'autre soir dans l'entrée du bar.

« Non, non, pas du tout. J'étais simplement assise.

– Je me suis dit... je me demandais si vous voudriez prendre une tasse de café, ou dîner avec moi peut-être.

– Ce serait avec plaisir. » Elle coince le téléphone contre son épaule et va à la fenêtre. Elle distingue le voile de son visage jusqu'à ce qu'elle soit assez près pour voir les lumières, l'eau et le pont.

« Je n'étais pas sûr que vous accepteriez. C'est-à-dire, je pensais que ce n'était peut-être pas le moment. »

Il paraît désireux de couper la communication, mais il faut encore décider d'une date.

« J'ai une baby-sitter. Jenny. Alors n'importe quel soir conviendra.

– Bon. »

Ils fixent le rendez-vous au mercredi suivant, le 12 décembre, et elle garde le silence assez longtemps pour qu'il s'imagine qu'elle le note, d'autant qu'elle dit : « Je le note et j'appelle Jenny. » A peine a-t-elle raccroché qu'elle reprend le téléphone et compose le numéro de la baby-sitter.

« J'ai une cassette », dit-elle à Meg dans la cuisine. Elles sirotent un café, soulèvent lentement les tasses. Une vieille maison au bord du fleuve, cuisine à l'entresol. Une péniche remonte le courant.

« De Ron et moi pendant notre lune de miel. En train de... »

Meg boit une gorgée, passe un doigt sur un sourcil, se détourne de Grace et regarde vers le jardin dénudé et, au-delà, le dépôt de marne laissé par la marée. Le soleil fait miroiter la couche boueuse.

« Il n'est même pas encore froid », dit Meg d'un ton léger, indiquant qu'il s'agit d'une plaisanterie.

Grace imagine le corps qui se consume sur la colline derrière l'hôpital, enterré aussi bien aux côtés de célébrités que de parfaits inconnus. La fumée qui jaillit du sol au milieu des racines de l'arbre et de la terre brune hivernale. Meg examine la cassette, la prend. Elle a des ongles très longs, mais elle sait manier les objets.

« Est-ce que... est-ce qu'on voit grand-chose ?

– Grand-chose ?

– Oui, j'ai essayé une fois avec... comment il s'appelait ?... et on ne distinguait presque rien.

– On s'est servis d'une vieille caméra, et l'éclairage était nul, mais on voit nettement de quoi il s'agit.

– Qu'est-ce que tu vas en faire ?

– Je ne sais pas. »

Meg se lève, lisse sa jupe sur ses hanches, se tourne de nouveau vers la fenêtre, puis se dirige vers la salle de jeux.

« Tu devrais peut-être la jeter », dit-elle en revenant avec Billy. Elle lui remonte la fermeture Éclair de son manteau jusqu'au cou. Billy les regarde, se sentant trahi, et dit. « Je veux pas partir. Je veux pas partir. Je veux pas partir.

– Si on ne s'en va pas tout de suite, on sera en retard chez le Dr Drake », dit Meg. Elle s'approche de Grace et lui souffle à l'oreille : « Il a une série de piqûres de rappel qui l'attend. »

Il y aura un accent de suffisance dans la voix de Hugh ; il portera une veste sport en tweed marron et une large cravate démodée à rayures bleu marine et rouges ; il aura la peau tannée d'un homme qui est tout le temps dehors ; les jointures de ses doigts feront des plis épais qui disparaissent quand il ferme le poing, et il a des mains aux doigts larges, aplatis au bout, qui manient la pioche avec aisance, habituées à prélever des blocs de roches ignées et des échantillons de schiste. Naturellement, ses centres d'intérêt seront variés et il lui dira que – comme elle – il aime beaucoup la musique, et elle répondra que, justement, elle a fait des études de musique, qu'elle a même composé un peu, quelques pièces pour piano, une autre pour petit ensemble orchestral, jouée à l'occasion d'un nouveau festival de musique à Brooklyn, tout cela avant la naissance des enfants, et qu'elle a abandonné, ou plutôt renoncé provisoirement dans l'espoir de reprendre plus tard. Il expliquera sa théorie sur le Bach de Glenn Gould, dira que le secret de l'univers réside dans les interstices du discours – le dialogue entre les voix – de ses *Variations Goldberg*, le premier enregistrement, celui en mono, le rapide, et non pas le dernier où il ralentit son jeu et fait encore davantage de bruit – siège qui grince, marmonnement incessant, ce qui est en rapport avec la manière dont Gould pique les notes et n'utilise jamais la pédale forte. Hugh aura les yeux embrumés rien que d'en parler. Elle se moquera gentiment de lui, disant que c'est devenu très à la mode d'aimer Gould. Il est dans le vent, dira-t-elle. Il y a ce film sur sa vie. Les drogues l'ont détruit. Les drogues l'ont tué. Tout ce qui est aussi beau que son jeu est perverti par la mode et devient un accessoire, un produit, un créneau. Acquiesçant, il mentionnera son amour pour les mythes indiens, les légendes des Américains d'origine, quel que soit le nom qu'on donne aux traditions des ancêtres dépossédés... Après dîner, ils prendront un cognac en bas, au bar, avant de sortir dans le froid et la neige fraîche, titubant un peu. La première tempête de neige de l'année. Routes fermées. Trottoirs déserts. Il la raccompagnera – il habite sur la colline, et il devra revenir sur ses pas pour rentrer chez lui, mais il insistera. Quand ils arriveront, Jenny, allongée sur le canapé mais qui ne dort pas, s'assoira sans se lever en le reconnaissant. De temps en temps, elle garde le petit dernier de Hugh, mais d'un seul coup, il lui semblera étranger. Elle le saluera d'un signe de tête comme on salue un inconnu que l'on croise. (« Il a toussé un peu. Il doit couver quelque chose », dira-t-elle.) En bas dans la cuisine, mettant ses bottes, Jenny demandera : Comment s'est passée la soirée ? Dans un murmure de conspiratrice. On entendra ses pas au-dessus, tandis qu'il examine les étagères, effleure du doigt le dos des livres. Bien. Très bien. Elle évitera de son mieux le regard de Jenny qui la scrutera, cherchant à déchiffrer son expression. Quand elle remontera, il sera installé dans le profond fauteuil ; il aura entre les mains les *Gens de Dublin* dont il tournera les pages avec le pouce, comme s'il pratiquait la lecture rapide (ou un recueil de poèmes d'Eliot ; ou peut-être l'exemplaire écorné de *Winnie l'Ourson* de Gary – n'importe quoi pour montrer qu'il partage aussi un intérêt pour la littérature) ; il promène son regard sur son col roulé noir, lèche des yeux sa gorge lisse – c'est ainsi qu'elle se représentera plus tard la scène, sentant ses doigts tâtonner, frôler l'agrafe de son soutien-gorge ; c'est bien de lécher quelqu'un des yeux, de caresser de différentes manières. D'aucuns estimeraient qu'elle a succombé – se déshabiller en hâte, l'aider à venir à bout des petits crochets et en rire avec légèreté, le laisser la pénétrer après seulement quelques minutes de préliminaires, ses mains disgracieuses et stupides qui balayent ses seins d'un mouvement d'essuie-glace. Et ce que d'aucuns considéreraient comme une trahison de Ron ne serait peut-être pour elle qu'une ruse face à l'univers. Une grâce. Une façon de s'abandonner à sa douleur. Sa gorge qui se dénoue enfin après deux mois. La chair de poule sur l'intérieur de son bras, le fourmillement de ses nerfs qui disparaissent avec l'orgasme.

Meg, est-ce qu'on peut chasser le chagrin en baisant ? demandera-t-elle soudain dans la cuisine, un autre jour, des semaines plus tard. Le même décor : buvant un café pendant que les enfants sont dans la salle de jeux. On est en février. Près de deux mois ont passé. Pour la première fois depuis des années, le fleuve est gelé. Des blocs de glace se sont formés, qui cognent contre les piles du pont. La nuit dernière, pour son quatrième rendez-vous avec Hugh, elle est allée voir un film au nouveau multiplexe ; suivi d'un dîner dans un mauvais restaurant italien ; puis dans sa chambre où il a fait l'amour avec elle pour la première fois, par-dessus et par-derrière, rien que la sensation de l'air et du glissement ; la simplicité de la position, lui dressé au-dessus d'elle sans la toucher sinon par ce qui était plongé en elle, lui a évoqué un espace vide. C'était trop facile. Cette position, le visage dans l'oreiller. Que c'était bon ! Meg la regarde dans les yeux et, brusquement, crie son nom – Grrraace Smith –, l'étirant comme si elle annonçait l'invitée d'un talk-show, puis elle s'avance vers elle et l'embrasse comme une petite fille, la gratifie de petites étreintes. Qu'est-ce qui te prend ? Elle la guide vers la table, l'assoit. Alors, aussitôt, elle racontera qu'elle a couché avec Hugh, avouera à quel point c'était merveilleux dès cette première nuit, combien elle se sent coupable mais sait qu'il n'y a rien de mal à tirer du plaisir de son corps. Il a de belles mains, dira-t-elle. Il a le bon rythme. J'ai tellement honte. Tu comprends, il n'y a pas si longtemps que Ron est mort, et la vérité, c'est terrible à dire, mais il faut que je la dise : c'est mieux qu'avec Ron, mais peut-être, peut-être que je me trompe, peut-être que je ne me rappelle pas bien ou que c'est sans importance ; après tout, il a physiquement disparu, et je ne devrais pas comparer, c'est vrai, je ne devrais même pas juger l'un par rapport à l'autre, mais c'est naturel, non ? Et puis, tu vois, je dois admettre que même avant que Ron tombe malade, les choses n'étaient pas spécialement brillantes dans ce domaine-là, mais je ne m'en rendais pas compte, alors que maintenant... il faut que je compare, je ne peux pas m'en empêcher, et ce serait malhonnête de ma part de ne pas dire que même s'il se montre parfois un peu maladroit, il est cent fois meilleur que Ron, parce que... eh bien, parce que son rythme est très... très musical, je suppose. Il est fantastique, un véritable virtuose.

Elle imagine qu'il l'emmènera d'abord loin de la ville, puis que leur relation se développera en cercles concentriques, comme les zones contaminées à partir de l'hypocentre d'une explosion atomique. Le week-end, ils se promèneront avec Gary, et ses fils, Rudy et Stan, viendront jouer chez elle, et Stan adoptera peut-être le rôle du grand frère. Ils iront à West Point regarder les cadets défiler. Et puis un soir – presque un an après –, au début de l'automne, ils traverseront tous les deux le pont de Bear Mountain et prendront la route qui serpente le long du fleuve vers le nord. Elle enlèvera ses chaussures et présentera ses pieds gainés de soie au souffle d'air chaud qui s'échappe de la grille, la main posée sur son genou, quémandant, caressant le pantalon de velours à grosses côtes, effleurant le renflement noueux de son entrejambe. Une année a passé. La souffrance s'est atténuée. Les souvenirs qu'elle a de sa vie avec Ron sont devenus beaux, idéalisés, une magnifique relique (ou tout le contraire : des mois et des mois de pur ennui, un lourdaud pour mari, la fin inévitable de leur couple). Elle regardera par la fenêtre la nuit hivernale – écoutant d'une oreille Hugh qui lui parle d'un château en haut de la colline, construit par un requin de la finance, et raconte comment il y est monté un jour à pied pour voir les ruines de la demeure, les fondations jonchées de poutres calcinées. Ils iront en ville, se gareront le long du trottoir. Il neigera un peu. Le restaurant au bout de la rue, au bord du quai, aura de grandes fenêtres donnant sur le fleuve et en face, de l'autre côté du méandre, on apercevra la masse imposante de Storm King Mountain ; il expliquera que ces roches n'ont pas été sculptées par les coulées glaciaires. Elle ne prête guère attention. Elle est habituée à sa voix, à ses résonances, à ses monologues sur les formations géologiques ; son univers est stratifié, brisé et gouverné par des forces qui refluent vers quelque centre primordial ; il a une prise ferme sur cet univers, sur la vie, et il l'a soulevée dans ses bras, au parking, après le repas, et elle sent dans la laine mouillée les effluves de son eau de toilette épicée. La bague de fiançailles est légèrement trop grande. Durant tout le trajet de retour, elle garde le doigt plié. Le chagrin a perdu de son emprise. Il n'en reste plus qu'un faible résidu.

Lorsque la pensée lui vint à l'esprit, elle était dans la cuisine où elle versait du chocolat en poudre dans un verre de lait et remuait pour mélanger. *Il ne faut pas que ça se produise. Je ne peux pas laisser faire.* Mercredi, 12 décembre. Le fleuve lisse frissonnait comme de l'argent en fusion. Dans l'autre pièce,

Gary et Billy jouaient ensemble. Une fougère en pot expédiée par Interflora était posée au milieu de la table à côté d'une pile de papiers dont elle devait s'occuper, assurances, impôts, factures et diverses lettres à trier. Elle refilera la fougère à Meg ; la plante était arrivée bien après, ultime tentative de réconfort. Elle mit la carte avec les autres dans la corbeille sous la table ; il y en avait des centaines, des gens de Los Angeles dont elle n'avait jamais entendu parler ; des gens du cinéma qui distribuaient leurs condoléances avec mauvaise foi tout comme ils distribuaient leurs louanges sans discernement (quand il s'agissait d'argent). Elle devinait quelque chose de cruel et de monstrueux dans la livraison de cette fougère ; elle venait de l'ancien agent de Ron, un simple rouage au sein d'une énorme agence, et une grande gueule ayant fait partie de la vie de Ron pendant les quelques années pleines d'intensité où il s'était essayé à écrire des scénarios.

En effet, il neigea cette nuit-là, mercredi 12 décembre 1999. Et en effet, ils se retrouvèrent assis l'un en face de l'autre au Hudson House. En effet, sa peau était tannée, et il parla surtout de l'Islande, jusqu'à ce qu'il en vienne tout naturellement, dans le cours de la conversation, à suggérer qu'elle aimerait peut-être visiter un jour ce pays ; mais pas question de danser au bord du cratère d'un volcan ou de s'y jeter à titre de sacrifice, juste quelques allusions à la possibilité de le faire. Il avait les poignets épais et l'habitude de joindre les mains comme s'il priait. Sa voix avait un accent languissant, serein – peut-être un peu trop rassurant – cependant qu'il racontait son divorce et ses années de père célibataire (quatre ans, mais qui sonnaient comme une éternité).

« Je ne peux pas dire que je sois quelqu'un de particulièrement solitaire », déclara-t-il vers la fin du repas. Il était tard. Les serveurs attendaient au fond du restaurant. L'un d'eux entrait des informations dans un ordinateur. La neige crissait sur les carreaux. La salle sentait la viande grillée et la fumée de cigarette qui montait du bar.

« Vous avez une drôle de façon de le formuler. Le "particulièrement", je veux dire. Vous n'en paraissez pas si sûr.

– Je sais. Je le constate aussi, et je suppose que c'est le scientifique en moi. Je ne peux pas m'en empêcher. Je me penche sur ma vie avec objectivité. J'aime bien prendre un peu de recul. Je ne crois pas que les personnes solitaires agissent ainsi. Elles se replient sur elles-mêmes et n'arrivent jamais à avoir une vue générale.

– Alors, je dois être une de ces personnes-là. Je ne suis pas vraiment une scientifique. J'étais nulle en biologie. Tout ce que je me rappelle, c'est avoir été incapable de...

– De faire quoi ? » Il joua avec son verre, le leva et la regarda à travers le pied strié.

« Prendre du recul. Je crois que c'est à cause du chat.

– Ah, un chat. La dissection.

– Oui.

– Les scientifiques sont rarement des solitaires.

– Eh bien... » Avant qu'elle n'ait pu achever, le serveur apporta les cafés et, en sa présence, la conversation s'interrompit et ne revint plus sur ce sujet. Ensuite, il n'y eut plus que des propos banals et puis, en bas, dans la rue, la surprise de voir trois nouveaux centimètres de neige fraîche ; retour à la maison ; payer Jenny, quelques mots échangés avec elle dans le vestibule : « Comment ça s'est passé ? » « Très bien, très bien. » « Nous aussi. » « Merci d'avoir gardé Gary. Faites attention, les trottoirs sont glissants. » Et ils se retrouvèrent seuls, tandis que par l'audio-bébé leur parvenait le son assourdi de la respiration du petit garçon.

Il y a des légendes – les Sioux croient en Takuskanskan, le pouvoir du mouvement, l'esprit qui est derrière chaque mouvement – et il y a notre propre mythe des rapports sexuels selon quoi l'âme est de quelque manière transfigurée par l'acte, selon quoi tout mouvement, s'activer, pousser, grogner est susceptible de nous reconstruire.

Dimanche matin, seul dans sa demeure coloniale en haut de la colline, installé à une large table ovale devant la fenêtre, Hugh buvait son café dans un grand pot qu'il avait acheté en Allemagne pendant une conférence de géologie ; dans l'autre pièce, les garçons regardaient la télévision – bribes d'effets sonores, de voix aiguës. Sa vie avait changé. De cela au moins, il était sûr. Il y avait un peu de confusion dans sa tête, un mélange d'idées spongieuses. Et dans sa poitrine, sous ses côtes, un vide s'était formé, et il était persuadé qu'il s'agissait des premiers symptômes d'une légère dépression. Pour lutter contre, il allait prendre un comprimé et conduire les garçons à Bear Mountain où ils loueraient des patins, et il perfectionnerait son patinage croisé en arrière. La sensation des lames sur le tapis de caoutchouc avant de pénétrer sur la glace le remettrait d'aplomb. Ensuite, il les emmènerait boire un chocolat chaud puis, dans la lumière bleutée des crépuscules d'avant Noël, il reprendrait le chemin de la maison en suivant le ruban de feux rouges le long de la vallée de l'Hudson. Il se sentirait mieux en compagnie de milliers d'êtres humains comme lui qui se déversaient ainsi sur la route un dimanche soir. Peut-être qu'en rentrant, il appellerait Grace. Ou peut-être pas. Il hésitait. Elle était bizarre. Trop de poids mort. Ce matin, il ne se sentait pas dans la peau d'un sauveteur. Quoi qu'il en soit, il y avait une femme seule prénommée Ann à qui il pensait. Elle travaillait à la bibliothèque Butler de Columbia, à la section ouvrages de références. Alors qu'il cherchait un livre, une histoire géologique de l'Islande, il avait flirté avec elle et savait qu'elle accepterait probablement sa proposition d'un dîner à la campagne – une balade le long de la Saw Mill ; elle pourrait passer la nuit ici (il dormirait sur le canapé et enverrait les garçons coucher chez des copains), ou bien il la reconduirait si nécessaire.

Sa vie, en tout cas, avait changé. Il ne serait plus jamais le même. Il allait être difficile d'oublier l'étrangeté de cette soirée.

Elle avait tout préparé, glissé la cassette dans le magnétoscope. (En l'insérant, elle avait senti le désir de la machine pour la bande vidéo. C'était une petite cassette logée à l'intérieur d'un mécanisme qui offrait la bande au baiser de la tête de lecture, tous rouleaux, fiches et pinces tendus, prêts à l'action.) Elle appuya sur la touche « marche ». A côté d'elle sur le canapé, Hugh, placide, regardait, une expression de curiosité polie plaquée sur son visage cependant qu'il croisait les jambes et posait avec précaution un talon sur la table basse. Il avait ôté ses chaussures. Le bout de ses chaussettes était doré, et il avait *Gens de Dublin*, reliure vert foncé, sur les genoux. Elle n'avait pas dit grand-chose, simplement murmuré qu'elle voulait regarder une cassette, rien de plus et, en vérité, songerait-elle plus tard, il n'avait pas réclamé de détails. Il ne tenait pas à savoir d'avance ce qu'elle allait lui montrer sur l'écran du téléviseur. Il n'éprouvait pas *le besoin de savoir*. Peu lui importait. La question n'était pas ce qu'elle avait décidé de lui projeter en matière de divertissement. La question était ailleurs. La machine produisit donc son petit bruit de rembobinage, souligné de toute cette tension ; sur l'écran, un éclair, du bleu, puis du noir strié de blanc vers le bas, des parasites, et enfin, surgissant au milieu des ténèbres, en fondu, s'ouvrant comme une corne d'abondance pleine de lumière et de corps, la scène où Ron et elle faisaient l'amour au cours de leur lune de miel ; images d'abord brouillées, puis qui se fondaient (telles que, s'imaginait-elle, Hugh les voyait) dans la pénombre, un kaléidoscope de lumière, la raie des fesses de Ron et ses jambes à elle largement écartées, qui apparaissaient et disparaissaient en même temps, le tout accompagné de leurs petits gémissements et du bruit du moteur de la caméra, du souffle du climatiseur et, en arrière-fond, du vrombissement des motos qui passaient dans la *calle.*

« Qu'est-ce que c'est ? demanda Hugh d'un ton uni, sursautant légèrement.

– C'est Ron et moi », répondit-elle. Elle était assise par terre, entre le poste de télévision et le canapé, les jambes ramenées sous elle.

« Ah, oui », dit-il.

Il aurait pu dire : Arrêtez, saisi d'une espèce de dégoût, ou de honte ; il aurait pu être excité par la triste épreuve consistant à regarder son mari mort lui faire l'amour ; elle aurait pu se lever, en larmes, et crier : Voyez ce que le monde m'a pris, mais à la place, il n'y eut que les doubles fenêtres ébranlées par une bourrasque de vent du nord ; il n'y eut que le bourdonnement de la caméra posée sur la coiffeuse, là-bas en Espagne ; l'étreinte de deux personnes atteignant malgré eux un orgasme prématuré, ses jambes à elle enroulées autour de ses cuisses à lui, plus rien de drôle du tout, cette fois ; on aurait dit une bande totalement différente de celle qu'elle avait visionnée avec Ron sur le petit téléviseur de leur appartement new-yorkais. (Celui qu'elle avait ici était deux fois plus grand.) Hugh regardait et se taisait. En partie par politesse vis-à-vis d'elle ; se lever et s'en aller – compte tenu du caractère sacré de la situation – ne serait pas gentil ; il fallait au moins conclure la soirée, aussi il regarda durant quatre minutes, jusqu'à la séparation maladroite des corps après l'orgasme, la chair qui se détache de la chair, et vit les pixels s'organiser pour former ce qui semblait être un modèle de film porno amateur. (Il n'en avait encore jamais loué au vidéoclub, mais c'était exactement ainsi qu'il se les représentait.) Il regarda jusqu'au bout et resta silencieux tandis qu'elle éteignait le magnétoscope, se passait les mains dans les cheveux et lui disait qu'il ferait mieux de partir, puis qu'elle le conduisait dans le vestibule où il avait laissé ses après-skis et le remerciait pour cette merveilleuse soirée cependant qu'il nouait ses lacets. Après quoi, alors qu'elle lui tendait son manteau et qu'il s'empressait de l'enfiler, elle parla de l'escalope de porc panée qu'elle avait mangée, de l'atmosphère tellement agréable de l'Hudson House, jusqu'à ce qu'il se retourne, dise : « Courage », la serre un instant contre lui, sentant à travers sa parka garnie de duvet la douceur de ses épaules. Ensuite, il grimpa la colline en pataugeant, se dirigea vers la rue principale, prit à gauche et marcha dans la ville. Sa capuche était relevée et le sifflement asthmatique de sa respiration lui tenait compagnie. C'était un scientifique, habitué à considérer les faits bruts, mais il n'était pas insensible. Il savait ce qui se passait. C'était évident. Elle lui disait non, et elle lui jetait à la figure sa vie d'avant la mort de Ron. Elle n'était pas prête à aimer de nouveau. C'était trop tôt. Son cœur, comme il se devait, appartenait encore à Ron. Elle était parfaitement normale. Il n'y avait rien de malsain à lui avoir montré ainsi la cassette, à avoir exprimé une fidélité louable à l'égard de son passé ; c'était le genre de geste impulsif, peut-être un peu extravagant qu'on pouvait attendre de la part d'une veuve. Bizarrement, pensa-t-il (il remontait à présent la colline à vives enjambées), c'est ce qu'on attend chez une veuve. On attend cette douce tristesse. On attend un comportement étrange – une humeur changeante, sauvage, passionnée. On attend que la souffrance se manifeste par des actes pervers. Il tombait quelques flocons qui fondaient au contact de son visage. Le chagrin semblait crisser sous ses pas. La planète entière, il le savait, était une matrice de mouvements qui provoquaient des changements irrémédiables. Il songea à l'Islande, aux jaillissements de chaleur gradiente enfouie sous la mer, dans les longues failles du magma qui sillonnaient le fond, soumises à d'immenses pressions, à un poids inimaginable, là où trois ou quatre mètres d'eau équivalaient à la pression d'une couche d'air de plusieurs kilomètres. Dans une semaine, de retour en Islande pour la conférence sur la tectonique des plaques, il pourrait se détendre et réfléchir. Il ne penserait plus qu'aux problèmes du système géothermique, à la fois précis et matériels, et pourtant, en fin de compte, impossibles à saisir. Il prendrait le bateau pour se rendre sur le site des recherches et plongerait avec ses collègues. Il était déjà descendu dans les profondeurs à bord du submersible Alvin – avec pour seule chose qui s'interposait entre sa vie et ces énormes pressions, la porte protégée par un joint d'étanchéité. Parois en titane, un mètre cinquante d'épaisseur, mais tout ce qui séparait la vie de la mort, c'était ce joint en caoutchouc. Il adorait l'Islande. La quantité de chaleur qu'on pouvait tirer de la terre était inépuisable, et totalement gratuite. Il ne faisait jamais froid dans les maisons islandaises. Le prix à payer : une incroyable instabilité volcanique, une insécurité née du fait de savoir qu'un jour ou l'autre, à tout instant, le pays entier pouvait exploser. Il était arrivé devant sa porte. Il avait la main sur la poignée. Il avait tant de choses à faire. Il fallait qu'il réfléchisse et parvienne à une conclusion.

Les garçons dormaient. En haut, il se déshabilla dans le noir et abandonna ses vêtements par terre. Il ne se brossa pas les dents. La légère ivresse provoquée par le cognac se dissipait et lui laissait un arrière-goût de nourriture dans la bouche. Etendu sur son lit, il regarda l'ombre des branches jouer sur le plafond. Le vent soufflait fort, sans répit. Il garda les yeux ouverts aussi longtemps qu'il le put, et quand il finit par les fermer, il vit flotter derrière ses paupières les silhouettes floues de la bande vidéo, les genoux de Grace et les cuisses de Ron mêlés au travers de l'objectif dans la lumière de cette fin de journée à Madrid ; bien qu'incapable d'identifier le son avec précision, il percevait au loin le vrombissement des motos qui se faufilaient dans les vieilles rues étroites.

Taharah

Hospitalisé dans l'unité de soins coronariens, il ne pouvait plus supporter les grognements et les cris de sauvage en provenance de la chambre voisine et du couloir. Il ne savait pas trop quel nom leur donner, peut-être un nom étranger, car ils parlaient une langue dénuée de sens qui lui tapait presque autant sur les nerfs que les pleurs, les sanglots et le reste, mais il se sentait impuissant dans la mesure où, bourré de morphine, il ne se préoccupait pas des détails ; il avait cessé de s'en préoccuper après sa deuxième crise cardiaque, après la douleur, les murs de douleur, comme dans les films, quand, avec des gémissements, il avait essayé de garer le camion sur le bas-côté ; où était-ce ? à 250 kilomètres d'Altoona ? tout près de chez lui ? quelque part dans le New Jersey ? Personne au sein de l'équipe médicale ne semblait le savoir, ni s'en soucier. Le crissement du gravier sur la bande d'arrêt d'urgence, le bruit sourd du raclement contre le rail de sécurité, le hurlement du pare-chocs en plastique arraché, et puis la glissade, la cabine d'un rouge cramoisi qui verse, la remorque qui se détache, bascule et dévale la colline. Un murmure, des prières, voilà ce qui s'échappait de la chambre voisine, il le savait, ou du moins une petite partie de lui-même le savait. Ils étaient plusieurs à marmonner ainsi, juste devant sa porte. Et puis, le type qu'Angela avait envoyé qui disait *Nos prières t'accompagnent,* qui chuchotait à son oreille, l'haleine puant l'eau dentifrice, des sourcils énormes, un véritable homme des cavernes ce pasteur de la Première Eglise de Bethel, ici dans le comté de Rutherford ou peut-être dans un autre. C'était une mauvaise plaisanterie à la Angela, un ultime pied de nez, elle qui n'ignorait pas qu'il n'en voudrait pas, après avoir probablement inventé une histoire interminable à propos de son ex-mari, de ses fautes, et affirmé qu'à son avis il avait besoin de réconfort et de certitudes au cours de ce qui était sans nul doute ses dernières heures. Et voilà qu'en plus de ce qui se passait dans le couloir, il devait subir les marmonnements pieux de ce type qui lui racontait un truc à propos de la voie étroite du Christ ; plutôt marrant de penser qu'en fait c'était la seule chose qu'il savait, ou croyait savoir, au sujet de son cœur, l'artère étroite, bouchée par trop de beignets, trop de café, trop d'heures passées sur la route à s'enfiler des amphés, à mélanger de la vodka avec tout ce qui lui tombait sous la main pendant ces quelques années où il avait traversé le pays d'est en ouest, chargeant le premier fret qu'il trouvait. Attelle ta remorque et ne pose pas de questions.

Lorsqu'on avait voulu introduire le shunt, l'artère s'était effondrée sur elle-même, définitivement, et il avait fait un second infarctus sur la table d'opération. Plus rien à faire, avait dit le médecin, sinon attendre le délai de grâce, vingt-quatre heures, un sursis, ou peut-être moins, et espérer, parce que toute une zone de son cœur était morte, de manière irrémédiable. « Si vous devez mourir, avait conclu le médecin, ce sera sans doute dans les vingt-quatre heures qui suivent. »

Et voilà que ce nain, ce prêtre ou on ne savait trop quoi, lui sortait tout un laïus sur la voie étroite du Christ.

« Qu'est-ce que vous voulez, mon père ? » Il arrivait à peine à bouger ses lèvres craquelées. Il avait eu la bouche sèche toute la nuit, toute la matinée et maintenant encore dans l'après-midi, et cela malgré tous les gobelets de jus de canneberge qu'il avait bus à petites gorgées.

« Mon père ? » dit doucement le type. Puis, après s'être éclairci la voix, il reprit : « Vous n'avez pas besoin de m'appeler comme ça.

– Qu'est-ce que vous faites ici, mon père ?

– Je préférerais que vous m'appeliez Bill, si vous n'y voyez pas d'inconvénient.

– D'accord, Bill », dit-il. Ses lèvres se tordaient autour des mots comme dans un film à la bande-son légèrement décalée.

Le prêtre, l'aumônier ou le pasteur paraissait mal à l'aise debout, aussi, il tira une chaise qui grinça horriblement sur le sol, puis il s'assit près du lit et, les bras appuyés aux barreaux, il considéra son ouaille.

« Je suis venu te porter la parole de Dieu », dit le type dans un chuchotement presque inaudible au milieu des bips et des soupirs des machines, des tubes et des fils branchés sur sa poitrine, ses bras et ses jambes. A cet instant, avant que le prêtre ait pu se remettre à jacasser, un bip plus long et plus insistant retentit. Une infirmière accourut et repoussa la mince couverture de coton blanc qui lui montait jusqu'au cou, dévoilant les poils noirs et frisés de sa poitrine qu'elle tâta jusqu'à ce que le bip cesse et qu'il ne reste plus que le rythme cardiaque, les légers bruits de déglutition produits par la pompe-ballon, le dispositif qui amplifiait les contre-pulsations aortiques. Le pasteur avait reculé sa chaise et était demeuré assis tout ce temps, silencieux. Tant mieux. Lui, il s'enfonçait dans la douceur de la morphine ou autre antidouleur qu'on lui administrait. La parole de Dieu pouvait attendre. Dès le départ de l'infirmière, le pasteur rapprocha sa chaise, cette fois en la soulevant, puis il s'accouda de nouveau au montant du lit, et se mit à parler de la voie de Dieu et du Christ et tout le cirque, à raconter combien Angela l'aimait, même si cette salope n'avait pas donné de nouvelles depuis 1976, l'année de ce bon vieux bicentenaire : vingt ans, songea-t-il, et voilà qu'elle se rappelait à lui sous forme d'un nain qui baragouinait son cantique favori, un machin du style *O vénère le Seigneur, la Gloire du Ciel* qu'il lui soufflait de son haleine à l'odeur de médicament, profitant de son état pour se planter là, à quelques centimètres de son visage, et même pour fredonner une espèce de comptine, *Frêles enfants de la poussière, faibles et frêles, en Toi nous croyons et Tu ne nous décevras pas*, sur quoi il dit au prêtre nain, éprouvant beaucoup de difficultés à parler : « Mon père, soyez gentil et fermez-la. Ou utilisez des langues inconnues, si vous voulez, mais si vous continuez à chanter, je me lève de ce foutu lit et je vous tords le cou. »

C'est dans le Tennessee, alors qu'il roulait en direction de la Floride avec un chargement de pièces détachées de machines, qu'il vit l'église des langues inconnues. Qu'il dragua une fille prénommée Lauren, une brave fille, dans un bar à routiers, et finit par la baiser dans sa caravane avant que le lendemain, un dimanche, elle le traîne dans son église où il les regarda débiter un tas de phrases dans leurs langues de serpent. Il s'empressa de sortir, de faire chauffer le moteur de son camion, puis de filer vers le sud sans demander son reste. Et là, dans la chambre, en compagnie du père Bill assis sur sa chaise, silencieux, il entendait ce grésillement de voix dans le couloir, une famille entière qui pleurait la perte d'un être quelconque, hachant les mots dans leur langue, entrecoupée de bribes d'anglais, ou parfois dans un mélange des deux, tout cela mêlé en un sifflement ressemblant à celui des fidèles qui parlaient des langues inconnues ce dimanche matin-là, dans cet Etat paumé qu'il traversait, le Tennessee ou le Kentucky, peut-être.

L'espace d'une seconde, il eut envie d'interroger ce prêtre sur Angela, pour savoir comment elle allait, mais il se doutait que ce type, qui avait certainement juré de garder le secret, répondrait juste : *Bien, bien,* sans ajouter quoi que ce soit. Qu'est-ce qu'il pourrait dire d'autre ? Qu'elle était dans la merde, qu'elle bouffait de la vache enragée, qu'elle n'arrivait pas à payer les mensualités de cette minable baraque sur Elmwood ou Shorthills ? Pour ce qu'il en savait, elle avait déménagé depuis longtemps, mais quand il pensait à elle, il se la représentait néanmoins là-bas, avec les gosses, penchée audessus d'un baquet de linge sale, s'échinant sur une planche à laver, quelque chose de ce genre, rien de réel. Il la voyait ainsi, des images venues d'un endroit qui n'existait pas parce qu'il ne se rappelait rien de ce qui avait existé. La maison en bardeaux qu'ils habitaient dans le comté de Rutherford. Un simple numéro dans le catalogue Sears. Un joli jardin planté de mauvaises herbes et de l'un de ces arbres où l'on accroche le linge, et qui, avec ses draps et ses sous-vêtements mis à sécher, s'épanouissait comme une rose blanche pour l'accueillir chaque fois qu'il rentrait au cours de cette année où il avait travaillé régulièrement et subvenu comme il se doit aux besoins des siens ; s'il lui posait la question, le vieux prêtre Bill n'avouerait jamais qu'elle souffrait autant ou peut-être davantage que lui, atteinte d'un cancer au cerveau, une invalide, ou une folle, une grabataire enfermée quelque part dans un hôpital quelconque. Bien sûr qu'elle va bien, dirait Bill. Il tâcha de se souvenir d'elle, et revit ses cheveux auburn, son large visage ovale, sa peau blanche et douce, son rire communicatif. Il la revit dans le bungalow qu'ils louaient au bord de l'eau, où ils fumaient des cigarettes roulées à la main et buvaient de la bière avant de finir au lit, un truc en fer qui grinçait, nus, baignant dans la pénombre du pâle crépuscule de l'été où leur peau paraissait aussi blanche et lisse que du lait : une peau si merveilleusement lisse, se rappelait-il, surtout sur son ventre plat qui descendait, descendait vers le pubis, les arêtes des os qui saillaient de part et d'autre, cependant que la brise, ni trop chaude ni trop fraîche, soufflait au travers des écrans-moustiquaires.

Quand il se réveilla, il faisait nuit, et le moniteur au-dessus de lui diffusait une lueur verte, tandis que la rampe d'accès du parking brillait d'un violent éclat orange. Du couloir provenait la lumière duveteuse des néons. Le père Bill avait disparu, et la chaise vide se trouvait près de la porte où il l'avait laissée. Seuls bruits, le bourdonnement de la pompe, la légère pulsation de l'appareil qui se gonflait d'air dans sa cage thoracique, près de son cœur, comme un petit oiseau niché entre ses côtes.

Il ignorait depuis combien de temps il était couché là ; quelques heures, quelques minutes ? Rien que la machine et des cris dans le couloir, en arabe ou quelque chose comme ça, un gamin qui poussait des gémissements, la famille encore réunie devant la porte, mais plutôt calme et silencieuse à présent, peut-être parce qu'il était tard et qu'un tas d'entre eux dormaient avec les autres dans la salle d'attente. Ils devaient être nombreux ; un grand hôpital, bondé, plein d'agonisants en soins intensifs et soins coronariens.

Un médecin vint examiner les courbes, trifouiller à droite et à gauche sans dire grand-chose, car il savait que ce vieux bonhomme accidenté sur l'autoroute avait un sale caractère et n'aimait guère les bavardages. Une vague auscultation et un coup d'œil aux données affichées sur l'écran.

« On va vous ôter la pompe-ballon, dit-il. Vous l'avez eue assez longtemps. C'est un équipement plutôt coûteux et nous avons un patient opéré d'urgence qui en a besoin. On va peut-être nous en apporter une autre de Newark, mais de toute façon, je pense que votre état s'est stabilisé. »

Attachée sous sa jambe, une longue planche lui permettait de rester bien à plat et, à l'aine, il avait un trou de la taille d'une petite pièce de monnaie, mais qui lui paraissait beaucoup plus grand, un trou qui donnait sur l'artère fémorale. Un trou dans ma putain de jambe, avait-il pensé à plusieurs reprises, et pas fait par une balle. Il s'était toujours imaginé que s'il devait un jour avoir un trou dans la jambe, un vrai trou, ce serait à la suite d'un coup de feu tiré par un camé dans l'un de ces bars merdiques qu'il fréquentait quand il roulait entre la Californie et New York. Les infirmières entrèrent, une Hispanique plutôt enrobée, mais qu'il se serait bien faite s'il avait eu le cœur à la bagatelle – ha, ha, ha ! – et une grosse femme plus âgée aux cheveux gris-bleu, accompagnées d'un infirmier ; tous trois le maintinrent, agrippés à différentes parties de son corps, pendant que le médecin ôtait doucement le ballon niché dans sa cage thoracique, tirant sur le fil qui, par le trou de la taille d'une pièce de monnaie, passait dans son artère fémorale, là où il n'aurait jamais dû être et où, nom de dieu, il ne pouvait pas être, parce que la souffrance était atroce, explosive, convulsive, et son visage tanné, taillé à la serpe se tordit tandis qu'il hurlait comme un cochon qu'on égorge : « Donnez-moi quelque chose contre la douleur, bande de salauds, bande de salôôô... », alors que le docteur enfonçait dans le trou quelque chose qui ressemblait à un tire-bouchon et, avec un ultime effort, l'extrayait enfin, sans un mot, travaillant en silence à l'exception de quelques instructions murmurées à l'intention de l'une des infirmières.

« Désolé. » Le toubib haussa les épaules.

« J'espère bien. » Il pouvait à peine parler. La douleur provoquait des pluies d'étincelles derrière ses paupières.

Les infirmières et le médecin échangèrent un regard comme pour dire : *Celui-là, c'est un sale con, un méchant, tenez-vous à distance ; si on pouvait, on lui mettrait une muselière, il coûte de l'argent à l'hôpital, de l'argent au gouvernement, et au monde entier une partie de son âme* ; mais le médecin posa la main sur son front et frotta doucement. Il la laissa trop longtemps pour que ce soit destiné à vérifier sa température ou pour la seule raison qu'il écoutait quelque chose qu'on lui disait.

« Qu'est devenu le prêtre ? demanda-t-il.

– Pardon ? fit le docteur.

– Le pasteur, le prédicateur, qu'est-ce qu'il est devenu ?

– Je ne peux pas vous aider sur ce point. »

Ils le laissèrent avec sa douleur, ou les derniers élancements de sa douleur, parce que c'était ainsi, comme un trait de craie sur un tableau ou comme une empreinte, quelque chose de ce genre, une sensation tout le long de sa jambe et dans sa cage thoracique vide, sans le petit oiseau niché dedans, rien que de l'air et son foutu cœur qui battait la breloque, une sensation de douleur causée par cet objet arraché par ce fumier de toubib. Un petit bip s'échappait de la machine, indiquant son pouls, et maintenant, il était seul, le bruit dans le couloir semblait augmenter, le brouhaha, d'autres voix, le couinement des tennis sur le sol ciré, des pas, d'autres pas, suivis d'autres et d'autres encore.

Dans le couloir, avant qu'il sorte, hérissé de tubes, vêtu de sa légère chemise de nuit, haletant, et avance vers eux son visage fantomatique, les membres de la famille, blottis dans un coin, priaient, parlaient à voix basse et pleuraient, parmi eux deux petits enfants qu'on avait autorisés à venir parce que c'étaient les dernières heures, ou peut-être les dernières minutes de Tara. Quelques jours plus tôt, les médecins avaient estimé ses chances des plus minces si ce n'était nulles – ou du moins l'avaient-ils exprimé en chiffres, probablement, pour essayer de le dire en langage mathématique, car lorsqu'on parle d'un jeune ainsi condamné – destiné à mourir avant son temps –, on doit dans la mesure du possible formuler les choses en chiffres. Le père de Tara portait, et cela depuis deux jours, une veste sport en tweed marron foncé, des mocassins, des Dockers beige, et il avait la tête enfouie entre ses mains. Affalé contre le mur, il parlait tout seul et frappait le sol de ses talons. A côté de lui, qui écoutait, assis par terre, il y avait son frère Stanley qui, apprenant la nouvelle, était arrivé directement d'Israël par avion ; encore sous le coup du décalage horaire, il était épuisé et avait l'impression de flotter dans l'espace du couloir d'une propreté éblouissante ; il était là depuis le début de l'après-midi et s'efforçait de réconforter son pauvre frère avec qui il s'était autrefois brouillé. Et pour quelle raison ? Une cargaison de marchandises défectueuses qu'il avait expédiée, ou fait expédier ; il n'était pas vraiment responsable – il n'avait été qu'un intermédiaire –, mais cela avait creusé un fossé entre eux, de sorte que, hormis quelques petites plaisanteries destinées à sauver les apparences (surtout, il faut le reconnaître, vis-à-vis des femmes), les deux frères ne se parlaient pratiquement plus ; au fil du temps, l'affaire avait pris des proportions de plus en plus importantes – la somme perdue grossissant en conséquence – au point que tout ce qui avait pu se produire avant, jusqu'aux querelles les plus mesquines à propos de parties de billes sur l'allée en terre battue devant leur appartement en Israël, avait pris à leurs yeux un côté prophétique. Pour Stanley qui avait peur des ascenseurs et des hauts immeubles, venir par avion avait constitué un beau geste, des bras qu'il tendait par-dessus le ciel de Tel-Aviv (c'est ainsi qu'il voyait les choses) ; une preuve de son amour profond et sincère, un amour qui dépassait cette histoire (cinq mille clés à tubes, présentant toutes un défaut de fabrication) ; mais, bien entendu, que pouvait-on attendre de la part d'un frère affligé sinon cela – ce balancement du corps au rythme du chant du chagrin ? cet homme exténué qui ravalait ses larmes, ne sachant pas ce qu'il devrait ou pourrait faire ? Aussi, Stanley se contentait de rester aux côtés de son frère, d'écouter, de hocher la tête, d'acquiescer dans un murmure, d'ajouter par-ci, par-là un commentaire en hébreu (présumant, peut-être à tort, qu'entendre parler sa langue maternelle aiderait Howard). Derrière eux, dans la chambre, les femmes se tenaient autour du lit de Tara, les doigts effleurant la couverture ou écartant les mèches sur son front. Une voiture avait grillé un stop à Hackensack un samedi après-midi alors que la circulation à ce carrefour était plus fluide que d'habitude, un homme d'un certain âge au volant d'une Buick Skylark vert clair qui avait quatre fois plus d'alcool dans le sang que la limite autorisée et qui était rentré dans la Toyota de Tara à 120 à l'heure.

Lorsqu'ils constatèrent – ou plutôt que les infirmières l'indiquèrent par leurs expressions et échanges de regards – que la fin approchait, le silence se fit. On alla téléphoner de la cabine située dans la salle d'attente où les proches, brisés par l'angoisse, étaient effondrés dans de grands fauteuils bordeaux aux angles vifs. Pour dire les mots qu'il avait à dire – non pas qu'elle était morte, mais près de la mort, une phrase stupide, trouvait-il (comme si la mort était une île, un lieu de vacances) –, Stanley se surprit à écouter sa propre voix : il était une marionnette ; quelqu'un le manipulait, calme et serein, porteur des terribles nouvelles, le ventriloque, et alors qu'il parlait, il entendait sa voix trembler, sèche et rauque après les longues heures de vol, sous le poids de ce qu'il lui fallait annoncer ; dans le même temps, il songeait aux vieilles émissions de radio que Howard et lui aimaient tant quand ils étaient petits.

Une fois la pompe retirée de sa poitrine, le silence amplifia les bruits en provenance du couloir. Il l'ignorait, mais les prières étaient en hébreu, surtout, bien qu'il y en eût quelques-unes en anglais, auxquelles se mêlaient des pleurs, quelques mots et phrases pleins d'émotion du genre *comment est-ce possible ?* ou *pourquoi, pourquoi, pourquoi,* ou encore, *oh, mon Dieu, oh, mon Dieu.* Et des balancements verbalisés sous forme d'une sorte de psalmodie de chantre, et même d'une véritable chanson chantée par un des tout jeunes enfants qui ne comprenait pas ce qui se passait, un petit air entraînant sur des paroles absurdes au sujet d'une chèvre, d'une chaussure et de la fête nationale du 4 juillet.

Juste avant qu'il s'extirpe de son lit, décidé à les faire taire, il se rappela le lendemain soir, après cette nuit au bord de l'eau, alors que la brise paradisiaque soufflait toujours au travers des écrans-moustiquaires, quand Angela et lui, assis au bout de la jetée, burent des bières en regardant les étoiles apparaître et en écoutant les poissons sauter dans des éclaboussements, en majorité des perches-soleils, mais aussi, il en était sûr, quelques perches jaunes de belle taille. (Il avait passé l'après-midi à lancer en vain une cuillère appâtée avec des vers.) Tout le long du rivage, les poissons bondissaient, comme pris de folie, tandis que derrière Angela, dans les épaisses ténèbres sous les arbres qui bordaient la plage, les lucioles entamaient des danses frénétiques.

« A quoi que tu penses ? lui demanda-t-il.

– Je pense à tout ce qu'on va faire et à la belle vie qu'on va avoir, tout ça », répondit-elle. C'était sa chanson, son petit hymne à la gloire du bonheur que l'avenir leur réservait.

« Hmmmm, fit-il en lampant sa bière qui pétilla dans sa gorge.

– Et toi, à quoi que tu penses ?

– A rien, à rien du tout, sauf qu'on est là et que c'est bon d'être là avec toi. » Il était sincère. Son frère cadet était mort l'année précédente alors qu'il réparait une toiture, et chasser le chagrin que lui procurait cette disparition ainsi que l'image qui revenait sans cesse de cet idiot glissant sur une ardoise détachée pour se briser la nuque deux étages plus bas lui avait semblé impossible jusqu'à cet instant ; à présent, un poids disparaissait, ou du moins en avait-il l'impression, au souvenir de cette nuit sur la jetée en compagnie d'Angela tandis que, à son tour, il était couché sur le dos dans son lit d'hôpital et qu'on lui injectait des litres de morphine ; la même sensation de légèreté ; comme s'il volait au-dessus du lac. Une espèce de grâce, un moment de grâce, au bout de la jetée, le rivage pointillé par la lumière des lucioles.

On peut espérer qu'il existe une sorte de justice divine. C'est un exploit extraordinaire qu'il accomplit en se levant et en se traînant dans le couloir pour crier après eux, surtout quand on pense à tous les fils, tubes, moniteurs et à la faiblesse de sa pression artérielle compte tenu de l'état de son cœur. Et là, dans le couloir, il ne mâcha pas ses mots, hurlant contre eux. Si Dieu avait été juste, il l'aurait frappé d'une thrombose ; d'un infarctus majeur qui lui aurait bloqué le cœur, noué les tissus si serré, comme un poing au centre de sa cage thoracique, lui infligeant une douleur aveuglante, qu'il aurait titubé et suffoqué à la recherche de son dernier souffle. De fait, il ne souffrit que d'une attaque mineure qu'il ressentit à peine sur le moment.

Il mourut, cependant. Quelques jours plus tard, seul, au milieu de la nuit après une série d'infarctus, après que l'équipe médicale lui avait prodigué des soins héroïques (parce qu'il envoya au diable ces conneries de testament de vie. Pas question. Comment je pourrais signer ça ? Vous allez m'endormir, nom de Dieu ! Pourquoi je vous ferais confiance étant donné la manière dont vous m'avez arraché ce putain de ballon par la jambe ?), lui administrant des décharges à l'aide des électrodes, lui faisant des injections massives d'anticoagulants, bref, suant sang et eau pour lui.

Sept jours de deuil sans le contact du cuir raide des chaussures et, durant *chivah,* on ne fit qu'une seule fois mention du cinglé ; c'est Stanley qui en parla ; abattu de chagrin, il était sorti à deux reprises respirer un peu l'air de l'Hudson sur Riverside Drive et boire quelques gorgées de pur malt dans l'une de ces petites bouteilles qu'il avait achetées à bord ; il en était à sa troisième. Revenu dans l'appartement, il s'entretenait à voix basse avec Saul, un acheteur de la chaîne de quincailleries, et après avoir abordé différents sujets, il évoqua le goy qui avait débouché de sa chambre en titubant, déjà à moitié mort, et empli l'atmosphère de ses épouvantables jurons ; il était affalé sur Saul ; il tâchait de masquer les sonorités hébraïques de sa voix sous un accent de l'Ohio (tout en s'efforçant dans le même temps de murmurer) – *Fermez vos gueules, nom de Dieu, espèces de crétins de sales babillards ; retournez d'où vous venez.* C'est la forme et non le fond qui déclencha les rires des hommes au moment où le père de Tara descendait l'escalier, tenant sa femme par le bras.

Au-delà des grandes fenêtres, l'Hudson brillait, moucheté de lumière blanche, et la vue qui s'offrait à leurs yeux englobait tout le New Jersey de l'autre côté du fleuve jusqu'au pont George Washington. Lorsque Tara mourut, la nouvelle se répandit par le biais de fibres optiques, de coups de téléphone en Israël afin de s'assurer que tous ceux qui devaient prendre le deuil soient avertis, car ensuite, il faudrait observer les lois telles qu'elles figurent dans le Talmud. La toilette rituelle du corps, la *taharah*, avait pu être accomplie parce que aucune des blessures, des commotions internes, n'avait assez saigné pour imbiber ses vêtements, auquel cas il aurait fallu l'enterrer dans ses habits ensanglantés. Ensuite, ils se rendirent au cimetière, s'arrêtant sept fois pour réciter le psaume 91 :

Celui qui habite la demeure secrète du Très-Haut
Se reposera à l'ombre du Tout-Puissant.

avant de répandre des poignées de terre sur le cercueil.

Pendant que Stanley racontait l'histoire du cinglé de l'hôpital, le père de Tara, dans la chambre à l'étage, déchirait une à une ses cravates et les empilait près de lui. Il venait à grand-peine à bout de chacune d'elles, d'abord les minces datant du début des années 80, puis les larges des années 60 à grosses rayures et enfin les moyennes des années 90. Toutes les fois qu'il le pouvait, il les déchirait par le milieu, puis il les étalait, arrachait la doublure en soie et la réduisait en lambeaux. Ses mains dures et rêches accrochaient sur la soie. Quand sa femme monta voir ce qu'il faisait, il avait presque terminé et, assis au bord du lit à côté d'un tas de bouts de tissu emmêlés, posés en équilibre instable sur le dessus-de-lit en popeline, il finissait la dernière, une cravate Calvin Klein décorée de triangles bleu foncé sur fond bleu clair parsemé de spirales et de taches à la Jackson Pollock que Tara lui avait offerte deux ans plus tôt à l'occasion des fêtes. Pollock avait été son peintre favori. Pendant une année, il l'avait portée peut-être une fois tous les quinze jours avant de l'abandonner au profit d'une autre qu'il avait lui-même choisie, ornée de motifs plus classiques. Il avait pratiqué le *qeriah* traditionnel, déchirant le ruban épinglé à son revers gauche, mais apparemment, cet acte ne lui avait pas suffi. Arrête, lui dit sa femme. Arrête. Arrête. Arrête. Et il s'exécuta, inclina la tête, enfouit sa figure dans ses paumes, puis il poussa un long cri et tapa du talon sur la moquette, embrassant ce qui restait de la cravate.

« Descends avec moi, dit-elle, posant la main sur sa nuque courbée.

– Bon, mais c'est pour toi que je le fais. » Il s'éclaircit la gorge, se leva et ramassa quelques lambeaux de cravate tombés par terre pour les remettre sur le lit.

Les visages qu'il vit en descendant l'escalier en colimaçon semblaient vouloir lui donner des réponses. Les personnes qui faisaient *chivah*, assises à même le sol, les épaules voûtées, parlaient à mi-voix et portaient lentement la nourriture à leur bouche ; il se souviendrait de chacune de leurs expressions : les lèvres serrées d'Erma, la meilleure amie de sa femme, qui retenait un sanglot ; ses associés qui détournaient la tête et jetaient des regards vers le New Jersey ; les enfants qui, oubliant déjà, jouaient à la poupée près de l'entrée de la cuisine. Mais ce que, plus tard, il se rappellerait surtout, c'est l'étrange petit sourire qu'affichait son frère, un sourire bienheureux qui paraissait remonter au temps des secrets de leur enfance ; c'était la façon dont Stanley souriait quand il s'efforçait de ne pas sourire, les coins de la bouche crispés qui creusaient deux fossettes en demi-lune ; une sorte de merveilleux petit sourire narquois ; et, à cette vue, quelque chose se dénoua. Le fardeau de sa douleur s'allégea d'un poids infime, mais dans la mesure où il s'agissait de la première fois, cela comptait beaucoup ; il s'approcha, et les deux hommes s'étreignirent, fort, de plus en plus fort.

« Qu'est-ce qui te fait rire ?

– Rien, rien.

– Si, dis-moi.

– La folie du monde », répondit Stanley.

L'après-midi s'achevait. Par les fenêtres, on distinguait des bandes de ciel orange entre les immeubles du New Jersey, dont les ombres allongées étouffaient le panorama.

On ne reparla jamais de cet incident, de cet instant dans le couloir de l'hôpital. Il n'entra pas dans la légende familiale. Il n'en resta que ce moment fugitif, ce sourire sur le visage de Stanley que vit le père de Tara quand il rejoignit ceux qui faisaient *chivah.*

Le chasseur de gestes

Je m'intéresse à la vie quotidienne des gens. A la manière dont ils attendent leur heure, dont ils occupent leurs journées entre-temps. Non pas les grandes choses, les petites choses ; par exemple : une femme qui suspend sa lessive sur une corde à linge d'autrefois, refusant l'usage du séchoir à gaz, le geste fluide de ses bras qui soulèvent les draps, une pince à linge en bois entre les dents, le balancement de la corde, lourde des draps agités par le vent, devant quoi elle s'incline comme pour un salut ; le pompiste à la station-service qui sert les clients, le pied sur le pare-chocs noir en caoutchouc, la jambe qui appuie tandis qu'il remplit le réservoir et que la voiture oscille doucement, que son regard perdu demeure fixé sur un point à l'horizon et qu'il décolle de ses aisselles son sweat-shirt formant des auréoles sous ses bras. Je suis un chasseur de gestes. Je saisis les instants. J'y attache beaucoup d'importance.

C'était l'une de ces journées typiques de notre ville, laquelle se trouve au bord de l'Hudson, à une trentaine de kilomètres de la métropole. Je veux dire que la journée s'était installée dans la ville et la ville dans la journée – claire et ensoleillée, avec juste un brin de fraîcheur dans la brise qui ridait la surface du fleuve, assez forte cependant pour soulever quelques vagues frangées de blanc qui roulaient sans jamais vraiment se briser. (La plupart des vagues de l'Hudson ont un côté pathétique : faible, tremblant. De même que les bateaux, soumis aux caprices du vent, soufflant en général du nord, qui s'efforcent de lutter contre les courants et qui, victimes d'un mystérieux calme plat, finissent par faire chapelle sous le pont Tappan Zee ; rien de fluide ni de gracieux chez eux.) Bizarre que je ne parvienne pas à me rappeler précisément si c'est la journée qui s'installe en ville ou l'inverse lorsque je me lance dans ma quête, en particulier le matin – je commence parfois de bonne heure – quand la lumière est encore indécise, argentée. Mais, comme je l'ai dit, ce n'était, semble-t-il, qu'une journée à tous endroits ordinaire, sinon que c'était le matin et que j'avais démarré assez tôt. Je ne pourrais aujourd'hui affirmer que j'aie éprouvé à cet instant – alors que j'entamais mon premier circuit dans le centre, empruntant Broadway (toutes les villes proches de la métropole n'ont-elles pas leur futile Broadway ?), à ma vitesse habituelle de 10 kilomètres à l'heure – un quelconque sentiment de trahison ; c'est-à-dire que je n'imaginais pas que la journée puisse receler une traîtrise à mon égard. Cela arrive pourtant. Une journée peut nous trahir. On investit dedans, et elle nous restitue quelque chose à quoi on ne s'attend pas. J'ai vu du coin de l'œil un homme sortir du poste de police ; affligé d'une démarche lente de vieillard – tout à fait semblable à la mienne –, il était vêtu d'une chemise jaune pâle et coiffé de l'un de ces chapeaux en toile qu'on peut plier et mettre pour pêcher, entre autres ; il descendait à petits pas comptés la rampe pour fauteuils roulants. De l'autre côté de la rue, devant l'une de ces nombreuses boutiques d'antiquaires (ces scandaleux revendeurs et réempaqueteurs du passé) qui avaient permis à notre ville d'avoir un nom sur la carte, quelqu'un, soulevant quelque chose, disparaissait par l'entrée du magasin. Je n'ai aperçu que son dos ; son jean Wrangler, ses hanches, et un coin de ce qu'il portait, en chêne foncé, peut-être, ainsi que le chambranle en métal poli de la porte. Un geste, certes, mais pas du genre de ceux que je recherchais. Il me fallait l'ensemble, enchaîné et gracieux, et surtout, révélateur, qui amènerait quelque superbe révélation ; un jeune homme portant une table dans une boutique ne convenait pas. Devant moi, le feu était vert ; et plus loin, à un bloc ou deux, il y avait un de ces gros monstres stupides de 4X4, couleur vert émeraude, qui encombrent nos rues.

Permettez-moi de me livrer à quelques remarques, d'ajouter quelques détails : voyez-vous, nous approchons de la fin du siècle, et dans les petites villes telles que je les connaissais, telles que je les connaissais au temps de mon enfance, certains mouvements sont en voie de disparition. Quand j'étais petit, il y avait à Galva, dans l'Illinois, des gestes de réveil propres à nos villes. On les trouvait partout. Ils respiraient la grâce. Mr. Bursell, le propriétaire du magasin de tissus, se réveillait dans son petit appartement au-dessus de la boutique ; il agissait avec la lenteur délibérée et indifférente du célibataire endurci, enfilait sa salopette bleue qui faisait comme une fleur épanouie à ses pieds, attachait sans se presser sa ceinture tout en regardant par la fenêtre Ellen Barton qui balayait le trottoir d'en face devant le cinéma de son mari, The State. Ah ! ce geste, le balai qui épouse son bras, et son bras qui épouse le balai, le mouvement circulaire, le coude plié, les souches de billets, les kleenex et les grains de pop-corn précipités dans le caniveau. Ses cheveux de miel relevés sur sa tête, maintenus par une pince. Les plis décolorés de sa jupe autour de ses chevilles. Bursell étudiait un instant ces mouvements, les doigts sur sa ceinture, puis il descendait et allait baisser le store pour protéger la boutique du soleil matinal (plus tard, dans l'après-midi, il ferait l'inverse), tenant d'une main le bras de la manivelle pendant qu'il tournait de l'autre. Ainsi, le store rayé vert pomme et blanc se déployait avec grâce, prenait forme au-dessus de sa tête. Voilà comment cela se passait dans une ville qui n'avait pas encore été trahie par l'offensive qui finirait par nous priver de tant de beaux gestes, par nous les voler afin de les confier aux rouages de tant de machines.

Nous sommes disgracieux, ahuris, fous du désir inextinguible de retrouver un autre temps, un autre lieu et le sens du mouvement, nous les chasseurs de gestes. Le mouvement de la langue sur une lèvre desséchée nous suffit ; une femme au cimetière qui pleure au pied de la tombe de son mari, sa jupe bleu marine remontée sur ses mollets, les semelles plates et usées de ses chaussures de la couleur du sable sec, c'est tout ce qu'il nous faut, tout ce dont nous avons besoin, tout ce que nous demandons en ce monde. Nous avons notre méthode, nos techniques, et d'aucuns préfèrent guetter le mouvement parfait, attendre jour après jour qu'il survienne. C'est une façon bien insensible de chercher, je pense, que de laisser le mouvement de la ville se dérouler autour de soi, mais certains de mes collègues se contentent de travailler ainsi ; et à ceux-là, je dis : bon vent et allez en paix. Ici, il y en a deux de cette espèce, encore que je doute de leurs intentions ; leurs désirs ne sont pas aussi purs que les miens. Entièrement chauve, le crâne marbré de pourpre, conséquence du Vietnam – napalm, dit-on –, Hank attend, assis, soudé à son banc, mais sa quête est sans effet, car il tète une grande boîte de bière serrée dans un sac en papier humide de condensation. Il y a aussi une vieille sorcière surnommée Boop – d'après Betty – qui sent l'urine, porte des bas nylon pleins de taches et des robes en loques mais qui se s'attire pas le moindre regard de la part des passants, tandis qu'elle reste plantée sur le banc devant le glacier à émettre ses bruits ineptes, ses crachotements, ses gloussements, ses caquètements et ses sifflements accompagnés, parfois, d'un mot ou deux, peut-être attendant quelque chose, peut-être pas. Je ne sais quoi penser d'elle et, d'ailleurs, je pense à elle aussi rarement que possible, mais je sais que, peut-être, à une époque, elle était également chasseur de gestes, et qu'elle s'y attelait avec tout le sérieux et les bonnes intentions que l'on peut espérer. Il y a longtemps, en un autre temps, quand nous avions nos affaires, elle était le plus gros agent immobilier de la ville (et moi, à la banque, le plus important bailleur de fonds). A l'époque, tout comme aujourd'hui, le devoir de l'agent immobilier était de modeler sa personnalité sur celle de l'acheteur potentiel, et même d'aller jusqu'à l'imiter geste pour geste si nécessaire : elle pouvait se trouver dans un horrible petit chalet à la toiture en mauvais état, aux poutres affaissées mangées par les termites, et devoir néanmoins écarter les bras comme pour englober l'espace, puis prendre une profonde inspiration comme s'il s'agissait de l'air le plus pur du monde à seule fin d'imiter le geste de l'acquéreur qui, venu de la ville par une journée d'été pour se renseigner, était entré dans son bureau voir ce qu'elle avait de disponible, et qui, après avoir visité le chalet, s'était senti soudain emballé à l'idée de vivre « à la campagne ». Si bien qu'il était difficile de savoir avec Boop ; elle avait volé tant de gestes, se les était appropriés avec tant de force, qu'elle cherchait peut-être l'un des siens perdu au milieu des autres. Telle est notre nature fondamentale à nous, les chasseurs de gestes. Nous voulons par-dessus tout retrouver ce qui nous appartient de droit.

Par deux fois, comblé de bénédictions, j'ai assisté à des gestes purs – rien que deux fois si l'on ne tient pas compte du troisième épisode. Un jour, j'ai emmené mon fils Stevie depuis longtemps disparu pêcher dans le Massachusetts ; la Chesterfield River, rocailleuse, difficile à attaquer à pied, le soir qui tombe, l'obscurité étouffante qui enveloppe lentement la rivière dans la chaleur du milieu de l'été. Nous attendions que les poissons sautent pour gober les insectes qui tournoyaient dans les ténèbres comme des flocons de neige refusant de toucher la terre. Ils accomplissaient leur rituel de copulation dans l'air et ne tarderaient pas à venir déposer leurs œufs sur l'eau. (Je n'ai pas pêché depuis ce jour et je ne repêcherai jamais.) Des « baise-air », on les appelait, petite plaisanterie grivoise et embarrassée entre père et fils qui prend un goût d'amertume maintenant qu'il n'est plus, et ce qu'il y avait de trouble entre nous est noir comme de la suie dans ma mémoire. Il ne reste que les souvenirs, et c'est peut-être pour cette raison que la douleur que je lui ai causée alors – juste un barbillon dans le poignet – se détache aussi nettement et rend le geste qui a suivi le plus pur et le plus sacré (des deux), purifié par le temps, le souvenir, la poussière... Il pêchait dans son trou d'eau à la surface huileuse qui reflétait la nuit bien avant qu'elle ne tombe, au bord d'une saillie schisteuse, adossé à un gros rocher, et il lançait pendant que je pêchais dans mon propre trou un peu plus loin. Une rafale de vent nocturne, la seule au cours de cette nuit-là pour autant que je me rappelle, m'ayant fait rater mon lancer roulé, j'ai décidé de lancer de côté, et j'ai alors entendu un cri, sa voix d'enfant qui se brisait, parce que j'avais planté le barbillon dans la chair blanche de son poignet, et j'ai tiré une fois, croyant m'être accroché, rien qu'une fois, mais la souffrance que je lui ai infligée est éternelle à cause, et uniquement à cause, de sa voix à ce moment-là, mêlée aux tourbillons de l'eau sur les cailloux. Tout cela, comprenez-vous, a provoqué le geste de pureté et de douceur, son visage large, si semblable au mien, qui sourit, se rit de la douleur, et sa main qui détache ma mouche d'une pichenette, essuie le sang de son poignet. Le sang que je ne pouvais pas voir et ne verrais jamais. C'étaient le sourire et la pichenette, à peine visibles, et peut-être même invisibles pour moi dans l'obscurité qui s'épaississait, peuplée d'ombres, de plus en plus profonde et sinistre, cependant que la forêt semblait se rapprocher et étouffer les parois de la gorge. Je lui avais causé une douleur soudaine et inexplicable, et il l'avait chassée d'un geste, d'un simple geste prolongé en un lancer fluide de sa ligne au-dessus de la surface noire du trou d'eau. Plus tard, la truite a sauté pour gober sa mouche et il a exécuté ce mouvement superbe qui consiste à amener un poisson, une force opposée à une autre force – non pas un geste pur (il n'y en a eu que deux), mais qui méritait néanmoins d'être conservé. En apprenant que mon fils avait été tué au Vietnam, emporté par des souffrances qui avaient dû s'épanouir et exploser, tandis que le sang jaillissait à flots de sa poitrine par où la balle était ressortie, je me suis représenté ce petit geste du poignet, et j'ai souri en me promettant de le chérir et, un jour peut-être, de trouver son égal. J'ai juré de trouver un autre geste aussi gracieux, un seul, sur cette terre habitée par des êtres humains qui vivent leurs vies, un geste qui égalerait celui de mon fils au bord de la rivière un an et demi avant sa mort, ou celui de son adorable petit corps dans une baignoire, l'odeur de savon pour bébé...

Revenons à ce jour-là, où, alors que le ciel s'éclaircissait et qu'une légère brume blanche planait au-dessus de la berge du fleuve, j'ai vu l'homme entrer chez l'antiquaire. Le feu est passé à l'orange, puis au rouge avec cette lenteur étrange que je parais être le seul à remarquer. La police était derrière moi. Elle n'ignorait rien de ma quête et m'obligeait souvent à m'arrêter. Le circuit que je faisais n'avait aucun caractère illégal. Je descendais Broadway sur cinq ou six rues, puis je remontais en longeant le fleuve, là où s'entassaient les nouveaux ensembles immobiliers. Parfois, je m'installais moi-même sur le banc en face de la bibliothèque pour étudier les mouvements et les gestes dans le cadre d'un arc de cercle : je voyais de temps en temps des choses intéressantes, les gestes des passants, mais rarement un geste pur ou même approchant. En une occasion, j'ai néanmoins surpris deux personnes en pantalon beige et polo bleu marine qui descendaient du trottoir de cette démarche de retraité qu'on voit par ici, fière et décidée, la jambe légèrement pliée et déformée par des maux et des défauts cachés, des os faibles et fragiles ; ces deux-là avaient le pas alerte, et leurs gestes m'ont soutenu des semaines durant, aidé dans ma quête, et ont empli mon âme d'un bouillonnement de possibilités. Elle le tenait pour traverser, légèrement, ses doigts fins enroulés autour de l'un des siens, peu m'importait lequel, parce qu'un bon geste est celui qui efface et rend négligeables les détails les plus infimes ; le tout devient un mouvement, une imperfection, un acte en soi, détaché des particularités. Dans l'espoir d'en voir davantage, j'ai envisagé de les suivre, puis je me suis ravisé. Pour chasser les gestes, il faut les laisser venir, comme des feuilles mortes portées par le vent : un homme s'attarde devant la fenêtre, les mains dans les poches dans une attitude qui lui est propre, une jeune enfant agite la main en silence, pour rien, alors qu'elle passe, assise à l'arrière d'une Chevy Nova bleue, la solitude et l'obstination qui se lisent dans son regard.

Ce matin-là, lorsque le feu a changé, je me suis avancé dans le carrefour en tournant la tête d'un côté puis de l'autre comme à mon habitude. Juste après le coin de Broadway et de Elm Street, j'ai eu cette étrange impression qu'on a quand, roulant dans une rue principale, on voit une rue latérale, une rue qui débouche sur le fleuve, la brume lumineuse qui fait comme une saignée sur l'eau, les murs de briques poussiéreux tout proches et qu'on perçoit la solitude que chantent ces rues. Il y a longtemps, dans l'Illinois, je m'arrêtais pour regarder les endroits semblables. C'était comme si l'âme de la ville s'était envolée pour laisser une coquille vide. La brise agitait imperceptiblement les feuilles du peuplier devant la bibliothèque. Les bancs étaient déserts. La police était toujours derrière moi.

Ai-je dit qu'il s'agissait d'une journée bizarre ? Ai-je dit que l'âme qui s'était envolée de la ville avait déployé ses ailes au-dessus des confluents et des bras de l'Hudson ? Ai-je dit que les ossements des morts jonchaient les trottoirs ainsi que des cendres tamisées, ce qui restait des mentons, des dents et des crânes, pareil à du talc ?

Ma quête s'annonçait sous les meilleurs auspices. Je suis passé devant la librairie où une mère qui traversait avec une poussette appuyait sur les poignées, coudes écartées, pour soulever précautionneusement les roues de devant en descendant du trottoir afin de ne pas déranger le bébé, petite silhouette blanche au milieu des couvertures. Un peu plus loin, à l'arrêt de bus, devant le défunt théâtre, les affiches en lambeaux battant dans le vent, il y avait deux Noires, le visage marqué de cette curieuse expression d'impatience et de solitude que je vois toujours chez ceux qui attendent le bus pour le pont George Washington : un sentiment d'impuissance, le regard qui explore la rue avec un vain espoir. Plus loin encore, sur le trottoir de gauche, quelqu'un était accroupi, qui attachait ses lacets à la manière appliquée d'un enfant qui apprend à faire ses nœuds – assurément un geste intéressant, mais déjà achevé avant que j'arrive à sa hauteur. Il s'est transformé en un homme d'affaires grand et mince en costume bleu qui s'est redressé, a rajusté le pli de son pantalon à revers et vérifié d'un seul coup d'œil le brillant de ses richelieux noirs.

Voici venu le moment de dépeindre, de consacrer la scène, le geste pur qui m'est apparu sur les marches étroites, trois en tout, qui menaient à la porte d'entrée du salon funéraire et qui baignaient dans l'ombre du grand chêne des marais : ils étaient devant l'établissement d'Olsen. Un homme et une femme éplorés. Enlacés. L'homme en veste sport et jean, le dos voûté, légèrement penché en avant sous le poids gravitationnel de son chagrin ; la femme en longue robe violette qui se plaquait sur ses hanches quand le vent agitait le tissu – ces hanches, je ne les oublierai jamais, un peu saillantes, collées à celles de l'homme dans leur étreinte. Elle oscillait sous l'assaut des forces déchaînées contre elle, à l'instar de celui qui, sur le pont d'un bateau, doit s'ajuster à un nouvel horizon – c'était là, sous mes yeux, le gyroscope de leur douleur qui équilibrait le geste, le rendait aussi pur qu'une pierre sculptée, figé pour toujours sous la marquise rayée vert et blanc, entourée d'une balustrade en cuivre. Une lumière aveuglante tirant sur le pourpre a soudain illuminé la façade du salon funéraire. C'était fini. Il n'était plus là. Ce geste chéri, gravé à jamais, proche de la perfection, s'était évanoui vers l'infini le long des lignes de ma vie, dissous dans le temps et le mouvement humain. J'ai ressenti alors, intensément, et pour la première fois depuis des années, toute l'étendue de ma perte. J'ai pensé faire le tour du pâté de maisons, espérant que le geste serait toujours là quand je repasserais. C'était un espoir fragile, stupide, qui ne pouvait qu'être trahi. L'homme et la femme auraient changé de position. Il fumerait une cigarette, adossé à la balustrade en cuivre ; elle aurait incliné la tête pour regarder le dessous des feuilles. Ah ! la tristesse mutuelle devant un deuil, devant les morts et les disparus. J'ai quand même fait le tour.

Le temps que je revienne, la circulation était bloquée, et des hommes et des femmes munis d'écouteurs canalisaient la foule. Cette fois, j'ai vu les lampes à arc installées en face de l'établissement Olsen, ainsi que les câbles électriques qui serpentaient sur le trottoir et les figurants solitaires aux yeux irréels, l'air de s'ennuyer, qui mâchonnaient des bagels livrés par un traiteur, installés à des tables pliantes près de la bibliothèque. Un peu plus bas, sur un côté poussiéreux de la rue était garée une file de caravanes. C'était un empiètement sur l'âme de ma ville, un ultime affront. La ville s'était vendue à l'irréel. Et l'irréel arrêtait la circulation, attirait les badauds. Et les badauds s'intéressaient davantage à l'irréel qu'à leur propre existence. L'œuvre de ma vie était arrivée à un point critique. Allais-je être trahi ou allais-je trahir ? N'y avait-il pas vis-à-vis des morts des obligations à respecter, des punitions à infliger ? N'était-ce pas un crime que de pleurer, de feindre de pleurer et, dans cette parodie de deuil, de créer un geste humain parfait ? Que pouvais-je faire ? Quel choix me restait-il ? J'ai braqué. Le volant a tremblé sous mes doigts.

Le trottoir a opposé une ferme résistance dont la vitesse est venue à bout. J'ai heurté la caméra de plein fouet. Elle s'est envolée, lourde et massive. J'ai sanctifié par une mort le décor où le geste parfait avait eu lieu.

Vous voyez donc que mon acte n'était pas, comme certains l'ont dit, celui d'un fou. La police n'a trouvé aucune trace de freinage et en a tiré ses conclusions. Le procès, organisé selon les préceptes de notre juste constitution, a été honnête et rapide. Ce troisième geste parfait, il est là pour toujours, où tous les chasseurs de gestes les gardent, gravé dans la pierre de mes paupières comme un pétroglyphe. Je ne peux plus m'en débarrasser, aussi faux aurait-il été. Car, l'espace de quelques centaines de mètres, il m'a rendu le chagrin qui m'appartenait de droit.

Je n'avais en aucune manière prévu de tuer le metteur en scène, quoique la mort eût été mêlée à ma vie sous de nombreux aspects pour me prendre celui qui m'avait donné les gestes parfaits, lesquels, imprimés sur mes paupières, constituent mon salut : le geste de mon fils dans la rivière, les puissants remous de l'eau contre nos bottes, et l'autre, celui où il est dans la baignoire, les reflets de l'eau jouant sur son ventre lisse de bébé, le rose et le blanc de sa peau pure de bébé grassouillet, ses petites mains qui se lèvent pour éclabousser, sans qu'il sache, peut-être, que c'est de l'eau, imaginant simplement une espèce de tissu chaud qui l'enveloppe, parce qu'à ce moment-là ses yeux encore tout neufs ont du mal à se fixer sur quoi que ce soit, et leur marron presque noir a le flou de l'ignorance. Ce n'était que cela, faire jaillir des éclaboussements d'un autre élément, tandis que j'étais assis à côté de lui sur le bord de la baignoire bleue. J'ai été saisi, ébranlé, sachant très bien que ce que je venais de voir ne se répéterait jamais et que c'était sûrement le plus beau spectacle du monde. L'eau qui bouillonne autour de son poing. La nappe de lumière qui glisse sur sa peau. Son visage souriant levé vers moi et ses petites mèches collées sur son crâne pendant que ma femme, dans le couloir derrière moi, plie doucement une serviette sur son bras et que, dehors, l'air de l'été s'agite, chargé de lavande.

De petits incendies

La première maison à laquelle il mit le feu flamba avec de magnifiques couleurs, fantastiques, éclatantes, un spectacle qui se prolongea une heure avant l'arrivée des pompiers. C'était parfait. Le mètre de neige qui couvrait le sol rendait les chaînes inefficaces. Le mieux, c'était le revêtement en vinyle : il fondait en brûlant, et les flammes enveloppaient les murs, jaillissaient à une vitesse extraordinaire. Une maison se construit de l'extérieur vers l'intérieur, tandis que le feu se propage de l'intérieur vers l'extérieur, avidement, jusqu'à ce qu'il ne reste plus que le dehors. C'est ce qui lui plaisait. Il demeura un long moment à regarder, cependant que les conifères autour de la maison roussissaient et se ratatinaient ; un cercle de neige fumante, laissant apparaître la terre brune, délimitait la zone où la chaleur était la plus intense. Les traces de ses pas conduisaient dans la forêt, vers les grandes villas d'été victoriennes au bord du lac Michigan, conservées par les gens de Chicago (comme disait son père), figées dans le temps grâce aux lois et aux arrêtés municipaux ; après quoi, dans ses vieilles bottes de moto-neige, il se fraya un chemin au milieu des congères jusqu'à la route et se mit à courir[1].

Le feu n'a rien de particulièrement drôle. Rien qui vienne chatouiller les zygomatiques. Il fallait que je me le répète à moi-même, parce que, en réalité, je ne cessais d'en rire. Je parle beaucoup quand il s'agit de me parler à moi-même, mais devant les autres, je ne dis pas un mot. Ce qui m'amusait, c'était le bruit du feu, le bruit amplifié, les craquements, car ils sont très forts, formidablement forts à l'instant où la maison entière s'embrase. Il n'y a rien de comparable sur terre, si vivant et si tonifiant, un peu comme le pop-corn dans l'huile bouillante, juste avant que les grains explosent, toute la tension dans ce grésillement, vous voyez. Ce qui est bien ici avec la neige, l'isolement et tous les estivants à Chicago, c'est qu'on peut en incendier trois ou quatre à la file sans trop de risques. Le mieux, c'est la manière dont la petite flamme grandit, grandit puis se démultiplie jusqu'à devenir une putain d'énorme bête qui rugit, vous voyez.

1. Quand j'avais dans les treize ans, des types ont incendié plusieurs des maisons de Bay View, une station balnéaire dans le nord du Michigan. On les a découvertes au printemps, au moment de la fonte des neiges. La maison à côté de celle de mes grands-parents n'était plus qu'un squelette calciné. J'adorais cette vue, et je lui ai réservée une place parmi ma collection de souvenirs mémorables. J'aimais en particulier la manière dont les immenses pins autour de la maison étaient réduits à des espèces de tours friables.

Dans le jardin, les enfants jouent, sept ou huit peut-être – le nombre importe peu, car une sorte d'oreille interne identifie le sien parmi les autres, alors qu'il écrit, installé dans son bureau, mais les voix sont fortes –, et le nommé Gomer, à en juger par l'intonation, pousse des cris de protestation ; ce gamin, ce Gomer, vient parfois (son vrai prénom est différent, quelque chose comme Ronald, ou Rupert) partager une glace avec Stan, dégoulinures sanglantes de colorant alimentaire aux coins de la bouche qu'ils laissent exprès couler. Couvrant les hurlements de Gomer, il éclate soudain ; pas exactement comme une débroussailleuse géante (c'est la métaphore qu'il utilisera plus tard, à la recherche d'un son similaire), plutôt comme un immense morceau de cellophane cassante froissé par la main de Dieu (celle-là, il ne l'avait encore jamais employée). Les enfants aperçoivent d'abord le grand mur de flammes à travers les arbres et entre les maisons, puis, quand le vent tourne, la fumée imprégnée de l'odeur âcre du plastique qui brûle, des polymères réduits à l'état de composés de carbone, et ils se précipitent en poussant des cris de joie vers l'incendie, et les premiers sur les lieux se mettent à danser, parce que les flammes transpercent le ciel au-dessus des arbres, cependant que le vent chasse la fumée vers l'Hudson ; en bas, en ville, la corne d'incendie et ses notes archaïques, gutturales, lance son pathétique appel aux armes. Peu après, les pompiers volontaires arrivent, ravis d'être pour une fois confrontés à un vrai incendie. (A titre d'exercice, ils avaient mis le feu à une aile de l'ancien hôpital en cours de démolition, et deux d'entre eux avaient été intoxiqués par la fumée.) Aussitôt, à la vue des pots de vernis sur la véranda et des pinceaux au milieu des chiffons humides en plein soleil, le capitaine des pompiers comprend. Il s'agit d'un cas de combustion spontanée[1].

Seuls dans le calme de fin d'après-midi, les pinceaux se coudoient ; ils se reposent, étendus sur une pile de chiffons, et murmurent leurs commentaires dans un doux grésillement accompagné d'une mince volute de fumée qui se mêlent au silence aride d'un quartier où presque tout le monde est au travail, à conclure des affaires, là-bas en ville, à faire ce qui doit être fait. Les pinceaux discutent, le vernis mijote dans son pot au couvercle criblé de taches de rouille. La véranda a été enduite samedi. On est mercredi à présent, et les pinceaux blottis les uns contre les autres, ivres de vernis, sont prêts à entonner la chanson du feu.

Shank a dû attacher le chien, le museler à l'aide de ruban adhésif, puis le planter au sol avec des piquets, comme une tente, avant d'aller chercher le

1. Au printemps dernier, une maison près de chez moi a été réduite en cendres, et au moment où elle s'était enflammée, alors qu'en effet j'écrivais, j'avais entendu un bruit étrange – un bruit de cellophane qu'on froisse – et les enfants avaient sauté de joie.

bidon d'essence pour l'en asperger. Il savait très bien que gratter une allumette le mettrait autant en danger que le chien, mais il a néanmoins continué, procédant de manière systématique, avec soin, pendant que les autres regardaient, riaient et se moquaient du noir désir de Shank de brûler vif des êtres vivants ; le problème, c'était justement de les prendre vivants, comme un homard qu'on plonge dans la casserole (le père de Shank est pêcheur de homards), comme si on pouvait compter le nombre de cellules nerveuses, comme si on pouvait établir la fiche de chaque neurone grillé. Une flamme bleue vaporeuse s'enroule autour de ses chevilles, s'élève dans l'air, puis engloutit le chien qui, malgré le ruban adhésif, pousse un aboiement aigu, désespéré, pendant que les flammes dévorent sa fourrure, sa peau, puis sa chair et son corps qui se tord dans les vagues de chaleur. Personne ne parvient à distinguer la part des mouvements du chien de celle de la déformation provoquée par les flammes, comme chez les moines qui, assis, s'immolaient par le feu durant la guerre du Vietnam.

Un matin à Rochester, ma tante, mère de cinq enfants, membre d'une famille respectable, sans problème particulier (du moins en apparence), avant de se rendre à son travail au lycée, a pris un bidon d'essence, l'a mis dans sa voiture, s'est garée dans une impasse tranquille, s'est arrosée d'essence et a mis le feu. Elle est morte quelques heures plus tard, carbonisée[1].

1. C'est un fait horrible, tragique. C'était dans le *Times*.

Le mot qu'elle a laissé était écrit à la première personne, selon le point de vue du bidon d'essence qui parlait du clapotement pendant le trajet, logé derrière le siège du conducteur, sur le plancher jonché d'emballages de barres de confiserie, puis du moment où elle l'empoignait de ses mains aux longs doigts et le serrait contre sa robe bleue avant de le porter au fond de l'impasse où l'atmosphère était fraîche, imprégnée du parfum du genévrier qui se trouvait derrière eux ; il décrivait ensuite son soulagement de voir son âme déversée par le long bec strié, tandis que l'air s'engouffrait à mesure en sifflant par l'espèce de petite soupape d'admission jaune pour remplacer le liquide – le jet d'essence qui jaillissait de son ventre – et que, dans un bruit de timbale, elle le renversait sur le flanc avec une délicatesse qu'il appréciait beaucoup. Le mot qu'elle a laissé s'attardait sur les épreuves et les tribulations d'un bidon d'essence qui pourvoyait surtout aux besoins de petits moteurs de la catégorie des tondeuses à gazon, qu'on abandonnait sur la pelouse dans la chaleur insoutenable des après-midi d'été, qu'on mettait parfois à l'arrière du bateau à l'usage d'un autre petit moteur, mais à qui, dans ce cas, on rajoutait de l'huile ; ce n'était pas une vie pour un bidon d'être ainsi rempli, vidé, attaché, secoué, et puis de nouveau rempli, vidé... Et parmi ses ondulations dorées de liquide flottaient des brins d'herbe. Et toujours les vapeurs qui se pressaient contre son palais, qui chantaient et composaient de petites arias sur l'instabilité de leur état[1].

Vieilles bobines d'actualités qui montrent des lance-flammes de la Seconde Guerre mondiale crachant leurs jolies langues dans les abris de tranchées bourrés de Japs, longs appendices de couleurs en feu qui déchirent la monotonie du noir et blanc. Quelle beauté ! Quelle beauté !

L'action du feu est nébuleuse et sereine, fanatique et calme à la fois, qui se propage le long des rideaux et du molleton sous la moquette, qui prend gentiment son temps, puis qui, à l'inverse, se fait diamétral, logarithmique, qui avale de grosses bouchées de parquet et de tapis, jusqu'à ce qu'il entonne de sa belle voix la fabuleuse lamentation de la maison en flammes, qu'il fasse exploser les fenêtres et lèche les avant-toits. On arrive en voiture, abasourdi, torturé d'inquiétude, et on constate que tout ce qui entourait autrefois sa vie – objets auxquels on portait un prétendu attachement sentimental – est réduit en cendres.

Mettre le feu était un acte naturel pour Fenton, et il le faisait chaque fois et partout où il le pouvait. Son père disait à sa mère que c'était un penchant normal pour un garçon d'approcher une flamme

1. Il s'agit de fiction.

des objets. Enfant, je le faisais aussi, affirmait-il. C'était une phase que leur fils traversait, ajoutait-il. La fusée spatiale était bricolée à l'aide de deux tubes en carton ficelés et bourrés de papier paraffiné (Fenton était persuadé que rien ne flambait mieux que le papier paraffiné), terminés par un cône grossier en papier dessin entortillé – bleu foncé, le tout attaché tant bien que mal à un morceau de contreplaqué. Le combustible. Il arrosa les tubes d'essence, puis la petite planche, et alla poser la fusée près du garage – dans l'espace étroit entre le leur et celui des voisins –, après quoi, il rajouta un peu d'essence pour faire bonne mesure avant de commencer à compter, cinq, quatre, trois deux, un, et d'allumer le briquet Bic contre le bord du contreplaqué sans qu'il sente la vibration, le jaillissement de la flamme léchant sa construction, ni la traînée violette à peine visible qui effleura ses chaussettes de tennis, s'enroula autour du revers de son jean avec un point de combustion situé un peu plus haut que ses chevilles ; et la flamme, se nourrissant de flammes, prit son essor et, dans un grondement enveloppa son visage, hésita, retomba, s'empara de son jean et de ses chaussettes, puis de sa jambe, avant qu'il se rende compte de ce qui se passait et qu'elle atteigne le tas de bois empilé contre le garage ; on avait eu un été long et sec, de sorte que toute la terre de la région était grillée. L'automne s'annonçait et l'odeur âcre de sécheresse présageait de ce qui allait arriver lors de la première nuit de gelée blanche. Une demi-seconde plus tard, il était en feu et pratiquait le STOP, À TERRE, ROULER comme on le lui avait appris. (A l'école, ils s'étaient exercés : jeter une couverture sur le corps ou, si on est seul, ne pas s'affoler, ne pas courir, mais rouler sur le sol.) Malheureusement, il n'y avait pas assez de place entre les deux garages et il heurta le mur du voisin pour rebondir vers les flammes – sans cesser de hurler, un long cri perçant, aussi aigu qu'un sifflement pour appeler son chien, mais qu'on ne pouvait pas entendre parce que, de l'autre côté de la rue qui desservait les allées de cette petite ville du Middle West, Mr. Jones coupait les hautes herbes de sa pelouse avec sa tondeuse Lawn Boy mal réglée dont le bruit noyait aussi bien les cris que les crépitements du feu. Il serait le premier à remarquer la fumée, le premier à la voir, mais trop tard, parce qu'à ce moment-là, les deux garages seraient déjà engloutis dans les flammes. (Il était dur d'oreille, mais avait dix dixièmes à chaque œil.) Le feu allait bientôt se propager à la véranda et, avant que les pompiers n'arrivent, à tout un pan de la maison de Fenton et de celle des voisins, causant assez de dommages pour que, selon les normes des compagnies d'assurances, ils soient considérés comme irréparables.

La peau de Fenton dégage de la fumée, pareille à la brume qui plane au-dessus des marais au petit matin, et il rampe à quatre pattes, l'air un peu ridicule si l'on veut être impartial, comme s'il s'agissait d'un film et qu'on sache que c'est un acteur vêtu d'un costume ignifugé, une doublure, un vagabond dans un Charlie Chaplin, le visage passé au charbon de bois ou maquillé en Noir – oui, réellement, la peau fume, continue à brûler, et il est incapable à présent de crier, tous ses efforts concentrés pour s'éloigner des flammes qui s'étendent rapidement (poussées par le léger vent d'Ouest), et il les devine qui lèchent ses talons, encore qu'il ne sente pas ses talons, car les semelles de ses tennis ont fondu, mêlées à la chair de ses pieds, du moins ce qu'il en reste ; un spectacle horrible que personne ne verra. (C'est un garçon dont les parents travaillent. Il rentre à la maison avant eux et, en général, regarde la télé pendant une bonne heure avant de sortir ses livres de son sac à dos.) Il n'y a personne qui assiste à sa lutte héroïque pour échapper aux flammes et emplir ses poumons brûlés d'un peu d'air frais. Quand l'ambulance et les pompiers s'arrêtent le long du trottoir dans un hurlement de pneus, il est en plein milieu de la pelouse de devant, fumant encore comme un feu de camp mal éteint. Ces hommes ont déjà vu des choses plus singulières, des personnes encore en vie, un collier de flammes autour du cou ; des gens qui dansent la danse du feu, les cheveux enflammés comme une torche ; des choses qui défient jusqu'aux imaginations habituées par les techniques d'animation par ordinateur à tout accepter sur cette étrange planète ; ces hommes – les plus âgés d'entre eux –, quand ils combattaient les incendies, qu'ils pénétraient dans des fermes embrasées, construites en bois devenu sec et cassant au fil des décennies, avaient vu les dieux du Feu faire de curieuses grimaces, tirer de longues langues. Aussi, le spectacle de Fenton ne leur a pas paru aussi extraordinaire qu'il vous aurait paru si, comme eux, vous aviez vu son corps fumant. A titre de statistiques, on a donné le pourcentage de peau brûlée (à l'instar de celle de ma tante), comme si les centimètres carrés de tissu organique pouvaient être cubés, cartographiés comme des hectares de terre arable dans l'Iowa. Pour quiconque suit les faits divers de ce genre – personnes brûlées subissant une série de greffes de peau qui (selon de nombreux témoins) sont plus douloureuses que les souffrances infligées par les flammes elles-mêmes ; corps immergés dans des caisses de flottaison spéciales, suspendus dans un liquide, épongés, dont les plaies suppurent durant des mois et des années, pour ces gens-là, donc, le récit du combat mené par Fenton pour sa survie semblera plutôt banal. Comme le Christ, il est resté allongé dans la caisse, les bras en croix. Comme le Christ, il a souffert pour l'humanité entière. Comme le Christ, il a absorbé dans sa peau et dans ses nerfs les souffrances de tout l'univers. C'était un acte de sainteté. Les yeux bleu foncé fixés sur les dalles du plafond. Les lèvres entrouvertes, essayant de parler. Comme le Christ, il est entré dans les feux de l'enfer et en est ressorti avec seulement de longues meurtrissures violettes et un visage à peine humain. Les gens ont défilé devant ce visage, les yeux levés au ciel ou baissés par terre, car ils savaient que s'ils le regardaient, ils éclateraient de rire. Ce serait un rire énorme que provoquerait chez la plupart le visage de Fenton, le genre de rire qu'on a au cirque quand les yeux de clown perlés de larmes et le sourire niais sont peints sur le visage d'un élève de l'école du cirque qui a l'air le plus triste et le plus pathétique qu'on ait jamais vu, un garçon dont la famille est dans le cirque depuis des générations et qui n'a d'autre choix que de perpétuer la tradition ; il déteste cela plus que tout au monde, mais il continue, se produisant aussi bien au Madison Square Garden que dans les fêtes de village. Au cirque aussi il y a le feu. Il tourne avec les cerceaux et jaillit de la bouche de Dieu.

Le bûcheron

Dès son retour, il se mit à couper du bois comme un malade, jour et nuit – en tout cas, c'est ce qu'on a raconté. Il était revenu depuis six ans quand j'ai eu l'âge de faire attention à lui et, à ce moment-là, il avait un peu ralenti (c'est du moins ce qu'on m'a dit), mais il coupait encore une bonne corde, une corde entière en deux heures environ selon le type de bois et le diamètre de l'arbre ; il utilisait un coin mécanique pour fendre les bûches en deux, puis il les jetait sur le billot, fendait ensuite chaque moitié, en général d'un seul coup de hache avant de les écarter du bout de sa botte renforcée d'acier et de recommencer ; et ainsi toute la journée, sept jours par semaine, sauf quand le temps était vraiment trop mauvais. Lorsqu'il s'arrêtait, sa barbe noire s'ornait d'ordinaire de quelques gouttes de sueur et de condensation ; en hiver, de petits morceaux de glace qui pendaient ; en été, d'une jolie petite tresse de zébrures rouges sous les poils et juste au-dessus de la peau. Eruption miliaire. Sa belle chemise de bûcheron, une Pendleton traditionnelle à carreaux rouges et noirs en bonne grosse laine, il la portait presque jusqu'au cœur de l'été. Et il la portait encore quand il se tua, le 1er août 1985, à côté d'une corde de chêne bien sec qu'il venait de couper, empilée contre le garage. Sa femme déboutonna lentement la chemise pour examiner la blessure, un petit trou rond produit par une balle munie d'un revêtement en teflon (selon les journaux) qui pénétra proprement dans sa poitrine et ressortit tout aussitôt, preuve que la technologie de la balistique gardait toujours une longueur d'avance sur celle des poêles antiadhésives (marmonna mon père). Il y eut une abondance de théories sur la cause, mais bien que le suicide reste une énigme impossible à déchiffrer, il était facile d'en rendre responsable le Vietnam, son rôle durant le siège de Khé Sanh, ses copains morts là-bas et ainsi de suite, encore que les journaux aient mentionné qu'il était poursuivi en justice pour avoir abattu sans autorisation un érable rouge qui se trouvait sur la propriété des Janson dont il avait emprunté l'allée (une de ces allées de graviers blancs qui conduisaient à leur ranch en bardeaux de cèdre) au volant de son pick-up, avait attaché une corde autour de l'arbre puis au crochet du camion, mis en route sa tronçonneuse, et ensuite il m'avait demandé de relâcher la pédale d'embrayage quand il me le crierait (âgé seulement de quatorze ans, je n'étais guère versé dans l'art de manier les changements de vitesse manuels, mais je m'étais débrouillé de mon mieux, levant lentement le pied, si bien que le pick-up avait bondi en avant tandis que l'arbre tombait avec fracas dans un nuage de poussière). Je n'étais pas descendu de la cabine qu'il attaquait déjà le tronc de l'arbre, lequel devait bien avoir cent vingt ans à en juger par le nombre de cercles (que j'ai comptés par la suite). Je n'ai rien dit de mon rôle dans cette triste fin. Il ne servirait à rien qu'on sache que ce n'était peut-être pas le Vietnam qui l'avait poussé à se faire un joli petit trou dans le cœur, mais peut-être tout autre chose, ne plus jouir de la beauté des arbres à couper, ne plus éprouver ce merveilleux sentiment de légèreté au moment où la hache brandie s'abattait. (Je l'avais regardé faire des millions de fois.) Et puis l'idée de ne plus aller effectuer de coupes sombres dans les jardins boisés de ses voisins ou dans les parcs des alentours qui lui fournissaient la plupart de ses arbres était plus qu'il n'en pouvait supporter ; ses jours de bûcheron étaient comptés.

Table

Incident de chemin de fer, août 1995 9
Coït 29
Ce qu'ils ont fait.. 43
L'élégie de Sleeping Bear 53
La réaction... 69
La prise 83
Ce que j'espère... 97
L'interruption.. 99
Le chagrin de la veuve 125
Taharah... 147
Le chasseur de gestes.. 167
De petits incendies.. 183
Le bûcheron 195

« Terres d'Amérique »

Collection dirigée par Francis Geffard

SHERMAN ALEXIE

Indian Blues, roman

Indian Killer, roman

Phoenix, Arizona, nouvelles

La Vie aux trousses, nouvelles

CATHRYN ALPERT

Rocket City, roman

RUDOLFO ANAYA

Sous le soleil de Zia, roman

Bénissez-moi, Ultima, roman

GAIL ANDERSON-DARGATZ

Remède à la mort par la foudre, roman

Une recette pour les abeilles, roman

DAVID BERGEN

Une année dans la vie de Johnny Fehr, roman

Juste avant l'aube, roman

DAN CHAON

Parmi les disparus, nouvelles

ANTHONY DOERR

Le Nom des coquillages, nouvelles

JAMES D. DOSS

La Rivière des âmes perdues, roman

Le Canyon des ombres, roman

DAVID JAMES DUNCAN

La Vie selon Gus Orviston, roman

GRETEL EHRLICH

La Consolation des grands espaces

LOUISE ERDRICH

L'Épouse antilope, roman

Dernier Rapport sur les miracles à Little No Horse, roman

JUDITH FREEMAN

Et la vie dans tout ça, Verna ?, roman

JAMES GALVIN

Prairie

DAGOBERTO GILB

Le Dernier Domicile connu de Mickey Acuña, roman

La Magie dans le sang, nouvelles

PAM HOUSTON

J'ai toujours eu un faible pour les cow-boys, nouvelles

Une valse pour le chat, roman

RICHARD HUGO

La Mort et la Belle Vie, roman

THOMAS KING

Medicine River, roman

Monroe Swimmer est de retour, roman

WALTER KIRN

Pouce !, roman

WILLIAM KITTREDGE

La Porte du ciel

Cette histoire n'est pas la vôtre, nouvelles

KARLA KUBAN

Haute Plaine, roman

CRAIG LESLEY

Saison de chasse, roman

La Constellation du Pêcheur, roman

L'Enfant des tempêtes, roman

DEIRDRE MCNAMER

Madrid, Montana, roman

RICHARD NELSON

L'Île, l'océan et les tempêtes

DAN O'BRIEN

Brendan Prairie, roman

LOUIS OWENS

Même la vue la plus perçante, roman

Le Chant du loup, roman

Le Joueur des ténèbres, roman

Le Pays des ombres, roman

DOUG PEACOCK

Mes années grizzlis

SUSAN POWER

Danseur d'herbe, roman

ELWOOD REID

Ce que savent les saumons, nouvelles

Midnight Sun, roman

EDEN ROBINSON

Les Esprits de l'océan, roman

GREG SARRIS

Les Enfants d'Elba, roman

GERALD SHAPIRO

Les Mauvais Juifs, nouvelles

Un Schmok à Babylone, nouvelles

LESLIE MARMON SILKO

Cérémonie, roman

MARLY SWICK

Dernière Saison avant l'amour, nouvelles

DAVID TREUER

Little, roman

Comme un frère, roman

BRADY UDALL

Lâchons les chiens, nouvelles

Le Destin miraculeux d'Edgar Mint, roman

JAMES WELCH

L'Hiver dans le sang, roman

La Mort de Jim Loney, roman

Comme des ombres sur la terre, roman

L'Avocat indien, roman

À la grâce de Marseille, roman

Il y a des légendes silencieuses, poèmes

Composition Nord Compo
et impression Imprimerie Floch sur Roto-Page
en décembre 2003.

N° d'impression : 58785
N° d'édition : 22116
Dépôt légal : janvier 2004
Imprimé en France